牡丹ずし

料理人季蔵捕物控

和田はつ子

時代小説文庫

角川春樹事務所

本書は、時代小説文庫（ハルキ文庫）の書き下ろし作品です。

目次

第一話　牡丹ずし

一

弥生《やよい》は雛祭《ひなまつ》りの華やぎで始まる。

女児が嫁に行き遅れるのを案じる家々で、一斉に雛人形や雛道具が片付けられると、江戸市中は春たけなわとなる。

そして、新緑の緑が陽《ひ》の光を受けてきらきらと輝く、風さわやかな初夏へと移っていた。

「何とも心地よいうれしい時季ですね」

日本橋は木原店《きはらだな》の一膳飯屋《いちぜんめしや》塩梅屋《あんばいや》の床几《しょうぎ》に一人の男が腰かけて、にこにこと笑みを浮かべながら、主季蔵《あるじとしぞう》の手際に見惚《みと》れていた。

「もう、すでに口の中に生唾《なまつば》が溢《あふ》れてきています」

皺《しわ》の数はさほどでもないが、髷《まげ》に白髪の目立つその男は篠原裕一郎《しのはらゆういちろう》、諸国の美味《うま》いとされている料理を本に綴《つづ》り、両国《りょうごく》の裏長屋に住んで細々と身すぎ世すぎをしているという。

「これでも三十路《みそじ》にさしかかったばかりなのですが、老《ふ》けて見えるのは前の苦労がいけなかったせいでしょう」

苦笑した篠原は、以前は必要な時だけ大名、旗本屋敷に雇われる渡り中間《ちゅうげん》で、さらに遡《さかのぼ》ると、藩のお取り潰《つぶ》しにより浪人となるまでは、然《さ》る小藩の江戸藩邸詰めの藩士だった。

「臨時雇いの渡り中間も酷な身分ですが、ある日、突然、主家と禄《ろく》を失うお取り潰しほど無情と悲哀を感じるものはありません。あの時の絶望を凌《しの》ぐものはないはずです」

篠原は浪人の身となってからの暮らしについて、その困窮ぶりを切に語り、

「誰《だれ》でも何とか慣れてできるのは手間賃仕事の傘張り、楊枝《ようじ》作り、凧《たこ》の竹の骨組み作りや紙貼《かみは》り等ですが、手間賃は雀《すずめ》の涙ほどです。手習いの師匠は生来の子ども好きでないと務まりませんし、用心棒や道場の師範になるには腕に覚えが必要で、居合い抜きで歯抜きをする大道芸にだってそれなりの技と度胸、口上の上手《うま》さが要ります。あいにく、わたしにはこれといって披露できる特技が無く、虚無僧《こむそう》姿で尺八を吹いたり、深編笠《ふかあみがさ》で顔を隠しての辻謡《つじうたい》、往来でいい加減な占いをしたりして、僅《わず》かなとはいえ銭を得ている輩《やから》を羨《うらや》ましく思ったこともありました。とはいえ、乏しい稼ぎでは粥《かゆ》さえ啜《すす》ることができなくなって、中には一家心中する者もいて、まあ、わたしは他の人たちと違って、いい年齢《とし》で独り身だったことだけが幸いでした――」

――これは何とも身につまされる――

主家を出奔《しゅっぽん》してきた過去を持つ季蔵はすっかりその話に惹《ひ》き込まれてしまった。

「ですので、わたしが月銘堂《げつめいどう》さんと出会えたのは、千載一遇の好機でした」

月銘堂は読本《よみほん》中心に本を出している版元であった。

「〝諸国美味いもの競《くら》べ〟が売れるなんて、月銘堂さんから頼まれた時は思ってもみなかったのです」

〝諸国美味いもの競べ〟はすでに九冊世に出ていて、市中で最もよく売れる本のうちに入る。

「わたしも買っています。この店に伝わる料理は先代の日記に書かれているものが多いのですが、諸国ともなると全くの不案内で。楽しく興味深く読んでいます。早く十冊目が出ないかと首を長くしているのですよ」

季蔵の言葉に、

「そうは言っても、巻を重ねると売れ行きが落ちるのではないかと案じられているのです。売れなくなるとまた、粥を啜る日々に逆戻りです。これは困ります。それで、こうしてこちらの牡丹《ぼたん》ずしに貼りつかせていただいておりまして――」

篠原は決して見逃すまいと大きく目を瞠《みは》って、前にいる相手の手元を見つめていた。ちなみに本が評判を呼んで実入りのいい篠原は、高価な小袖《こそで》と揃《そろ》いの羽織を粋《いき》に着こなしており、時折取り出しては開いたり閉じたりして、白檀《びゃくだん》の香りを楽しんで振りまく扇子《せんす》の扱いもなかなかのものであった。

一方の季蔵はこの時、芋焼酎《いもじょうちゅう》、醤油《しょうゆ》、味醂《みりん》、味噌《みそ》、酒粕《さけかす》、すり胡麻《ごま》、七味唐辛子《とうがらし》、梅干しの果肉、黒酢、葱《ねぎ》、生姜《しょうが》、牛の乳等を合わせて作る特製の漬け込みダレを拵《こしら》えていた。

「そうは言っても、日々、同じ牡丹ずしのネタの仕込みを繰り返しているだけです」

牡丹ずしは季蔵が品書きに書き添えて客に振る舞ったところ、客たちが絶賛。飛んでやってきた瓦版《かわらばん》に書き立てられたこともあって、今や〝雛すぎて牡丹の時季の牡丹ずし〟と川柳《せんりゅう》にまで詠《よ》まれている。

牡丹ずしなので、牡丹の花を形取った混ぜずしなのではないかと思われがちだが異なる。牡丹と称される猪《いのしし》の肉を握った酢飯に載せた逸品である。

戸口で人の気配がした。

「はいっ」

季蔵が大声を上げると、

「ん」

毛皮一枚を羽織っている猟師の熊吉《くまきち》が猪肉の塊をぶら下げて入ってきた。髭面《ひげづら》の大男でがっしりした頑丈な身体《からだ》つきなので、店に人の大山ができたように見える。

「これ」

油紙で包んだ骨付きの肉塊を季蔵に手渡し、熊吉は銭を受け取ってすぐに背を向けた。いつも互いに大した挨拶《あいさつ》は交わさない。

「あの男が冬場、鴨《かも》や鶉《うずら》を届けてくる猟師なのですね」

「ええ」

なぜか、この篠原相手だと口が滑らかになりがちで、すでに季蔵は熊吉のことを話していた。

冬場、鳥獣類は皮下に脂を貯《たくわ》えるので味が良く、市中では鴨鍋《なべ》や鶉団子の吸い物等が滋養食としても好まれていた。

「そして、今年の春はウリボウというわけですね」

猪の繁殖期間は冬場で、幼獣はウリボウと言われ、縞瓜《しまうり》に似た縞模様に特徴がある。一度に四、五匹は生まれるものの、狼《おおかみ》や狐《きつね》、鷲《わし》や鷹《たか》等の猛禽《もうきん》類の餌食《えじき》になるせいで、仕留められたウリボウの肉が多量に売られるようなことは滅多に無い。

今年は稀《まれ》なる当たり年であった。

「ただし、里山での猪の害は甚大《じんだい》のようです」

季蔵は案じる口調になった。

ドングリ等と並ぶ猪の好物の一つが地下茎で成長する葛《くず》等である。猪が増える年は天候が不順で、山の木の実は実りが悪く、不作の田畑には葛等の地下茎が蔓延《はびこ》る。そこで、こうした地下茎目当てに、木の実等の餌《えさ》に不自由した山中の猪たちが、里山に下りてきて、さんざんに田畑を荒らした挙げ句、常の年よりも多くの子孫を残す。

だが、こうしてウリボウが増えすぎるとたちまち、また、餌に不自由するようになり、他の生きものに捕食されるだけでは自然の調整が間に合わず、積極的に仕留めてやらなければ、成獣、幼獣の別なく、長く餓《う》えに苦しんで餓死するものまで出てきてしまう。

これが珍しいウリボウの肉が塩梅屋にもたらされた理由であった。

「ウリボウ撃ちの猟師の顔は初めて見ました。想像していた通り、なかなかの面構えでした。さて、これからは明日のためのウリボウ肉の下ごしらえですね。今までわたしが通ってきていたのは、仕込みをなさる朝方からではなく、昼近くでしたのでこれもまだ見ていません」

「篠原様がおいでになるのは、たいてい石窯《いしがま》に入れて焼き上げる頃《ころ》でしたから」

「石窯から漂ってくるウリボウ肉の匂《にお》いがたまらず――つい食い気が先に立ち、恥ずかしながら、それで何とかなるとタカを括《くく》っていました。おかげで旨《うま》い牡丹ずしは堪能《たんのう》していますが、それだけでは何も書けません。この塩梅屋発祥で今評判のウリボウ肉のすし、牡丹ずしの旨さの秘訣《ひけつ》を是非とも学ばなければ――」

篠原は身を乗り出した。

「まずは徹底した血抜きが必要です」

季蔵は大盥《おおだらい》に水を張り、水の量の一割五分の塩を入れて掻《か》き回した後、ウリボウの肉を浸《つ》けた。

「水の一割五分が塩というのは濃い塩水ですが、この効き目の強い塩水がウリボウ肉の細部にまで入り、血抜きに一役買うのです。この血と入れ替えに塩水が肉に塩味を付けます。まさに一挙両得です」

すぐに大盥の水は真っ赤になった。

「肉が白っぽくなるまで塩水を替えて、繰り返し続けます。これで臭《くさ》みは消えます」

季蔵の説明に、

「すると、独特の臭みというのは血の臭《にお》いなのですね。完璧《かんぺき》に血抜きができれば、もう臭わないわけですか？」

篠原は念を押した。

「その通りです。さあ、これで一山越えました。残る難所は筋です」

季蔵は血抜きがされて白っぽくなった肉の塊を俎板《まないた》の上に置いて、やや小ぶりの鮎《あゆ》や鰯《いわし》の下ごしらえにも使う包丁を手にした。

「肉と肉の間や脇《わき》に大小、長短さまざまな白い紙のようなものが貼りついています。これらを丁寧に削《そ》いでいきます」

季蔵の手にした包丁が巧みに動いて、脇の筋が、さっと一撫《ひとな》でするだけで剝《は》ぎ取られたかに見えたと思えば、次には肉と肉の間に隠れて見えなくなった。

四半刻《しはんとき》（約三十分）を越えると、

「意外に時がかかるものですね」

篠原はふうとためていた息を洩《も》らし、

「ここも徹底しないととろりとした口触りのいいネタにはなりません。そもそも特別な餌を与えているという彦根《ひこね》の牛とは異なり、山で育つ猪なのですから、親ほどではなくても、ウリボウの肉もそこそこは固いはずです。これを柔らかく食べるにはここをおざなりにはできないのです」

季蔵は見事な包丁捌《さば》きを続けた。

二

完全に下ごしらえを終えると肉塊は三分の二ほどの大きさに縮んだ。これに下味をつけつつ、柔らかく仕上げるために、大鉢に用意してあった特製ダレに漬け込んだ。

店の裏庭に置かれている石窯から、何とも美味《おい》しそうな匂いが中へ流れ込んできていた。

「昨日タレに漬け込んだウリボウ肉が焼き上がったようです」

季蔵は勝手口から裏庭へと急ぐと、石窯から焼きたてのウリボウ肉を取り出し、削ぐように包丁を動かし、握ってあった酢飯の上に載せた。

「いつものですが、どうぞ召し上がってください」

篠原は赤穂《あこう》の塩と醬油を添えてもてなされた牡丹ずしを、何もつけずに頰張《ほおば》った。

「この柔らかさ、味の深み、ここのところ毎日、天にも昇る心地ですよ」

外がざわついてきた。昼時近くとあって、すでに店の前には行列ができている。

するとそこへ、

「只今《ただいま》ぁ」

飛ぶように売れるせいで、酢飯に使う酢と砂糖が足りず、買いに出ていた三吉《さんきち》が戻ってきた。

「ぎりぎり間に合ったな」

実は季蔵は気が気ではなかったのである。

「おいら、これでも走り通しだったんだよ」

「まあ、一息つけ」

季蔵が差し出した湯呑《ゆの》みの水をごくごくと飲み干した三吉は、

「今日はいつもより人が多いみたい。ウリボウちゃんネタ、足りるかな。よし、頑張ろう」

井戸端で両手を清めて戻ってきた。

日頃は暮れ六ツ（午後六時頃）に掛行灯《かけあんどん》に火を入れ、暖簾《のれん》をかけるのだが、ここのところはウリボウ肉が安く手に入るので、昼にも暖簾を出している。

「飯は三升炊《た》けている。残さず酢飯にしてあるから、握っていってくれ」

「承知」

こうして季蔵と三吉は大量の牡丹ずしを拵え始めた。季蔵がネタ用に薄く切り取り、三吉が握った酢飯の上に載せていく。一瞬も二人の手は止まらない。肉塊の残りがあと僅かになったところで、

「一つおやりになってみますか？」

圧倒されて言葉を失っている篠原に、季蔵は手を止めて微笑《ほほえ》んだ。

「それは有り難い」

篠原は季蔵の代わりに包丁を手にした。

「おおっ」

思わず声を上げたのは、ウリボウ肉が柔らかすぎて酢飯に合った大きさの削ぎ切りにならず、包丁の切っ先が肉に食い込んだだけだったからであった。

「筋切りも難儀のように見えたが、これはもっとむずかしい」

篠原は額に冷や汗を掻きながら季蔵に包丁を返した。三吉の方は手を止めずに握り続けているので、白い酢飯の握りが溜《た》まってきている。

「それでは仕上げてしまいます」

こうして一人分五個ずつが竹皮に包まれ、牡丹ずし弁当が出来上がった。牡丹ずし弁当は、篠原の持ち帰り分と賄《まかな》い用を残して十五文で売られたが、行列の半分までで売り切れた。ちなみに十五文はかけ蕎麦《そば》一杯十六文とほぼ変わらない。

「一つお訊《き》きしていいですか？」

篠原は竹皮の中身を堪能し、濃いめの煎茶《せんちゃ》を啜った後で切り出した。

「どうぞ、何なりと」

季蔵は好きなほうじ茶で一息入れている。

「特製のタレは秘伝ですよね」

「そうともそうでないとも言えます。先代が遺《のこ》した日記に、〝店に立ち寄った八戸藩《はちのへ》の江戸詰侍に聞いた話である。奥州では飢饉《ききん》時に増える猪を狩った折、これを味噌漬けにして、煮炊きし、長く米代わりに食べたそうである〟とだけありました。それをわたしなりに、お客様たちに喜んでもらえるよう工夫してみたのです」

「なるほど、やはり、源《もと》は江戸ではなく奥州でしたか。わたしは渡り中間をしていて、諸国の大名家の厨《くりや》に出入りすることもあり、生来の食い意地とも相俟《あいま》って、各々で異なるお故郷《くに》料理についてさまざまな知識を得ながら味見をしてきました。奥州のものからあなたが思いついたとなると、これはわたしの領分なのでしょうが、今までに仕《つか》えた奥州の大名家では味わえなかったものです」

「八戸藩のお殿様は、神社にまで〝悪霊退散〟と書いた猪の絵馬を幾つも幾つも飾らせたと、先代は八戸藩のお侍さんに聞いたそうです。田畑を荒らす害獣ゆえ、幕府の決めた薬食いとはみなされず、猪食いは御法度だったのでしょう。ですから、飢えないために隠れて密《ひそ》かに食べる猪肉は、必死に日々の糧《かて》を得んとする民の知恵です」

「なるほど。わたしもお大名の厨で聞いた食ばかり書いていては単調でいけませんな。民、ここでは町人の心を摑《つか》まなければそのうち飽きられてしまう。さっきのタレの作り方を詳しく明かしてはいただけませんか？」

篠原は手控帖《てびかえちょう》と矢立《やたて》を取り出した。

「ウリボウ肉がこれほど出回ることはなく、とにかく安いので、市中のおかみさんたちも自分で拵えて、特に育ち盛りの子どもたちには、お腹《なか》一杯食べてもらいたいところですが、さっきのタレは然《さ》る方からいただいた石窯で焼く時だけのものなのです」

季蔵はやや戸惑い気味に苦笑した。

石窯は市ヶ谷《いちがや》の慈照寺《じしょうじ》の庵主瑞千院《あんじゅずいせんいん》から貰《もら》い受けたものである。瑞千院は元の名は千佳《ちか》、季蔵が仕えた大身の旗本鷲尾《わしお》家の正室であった。

理由《わけ》あって、季蔵は主家を出奔して武士を捨てた身だったが、この瑞千院とだけは時折の行き来がある。石窯は千佳の夫で鷲尾家の前当主影親《かげちか》が長崎奉行を拝命した際、その在任中、正室に贈った西洋の優れ物の一つであった。

ただし、西洋料理に向いたこの石窯に鷲尾家の料理人たちは見向きもせず、今、こうして季蔵の元に運ばれてきていた。

「石窯以外ではあのように、そこはかとなくみちっと甘味がある柔らかさに焼けないものなのでしょうか？」

篠原の目は真剣そのものであった。

「牡丹ずしが好評なのは、ネタのウリボウ肉が、猪肉《しし》ならではの旨味があるのもさることながら、すしには欠かせないネタである、鯛《たい》や貝類のような、しっとりした舌触りだからだと思います。全体に等しく熱が廻《まわ》って焼き上げる石窯でなければ、ふんわりと肌理《きめ》の細かいカステーラは拵えることができないと同様に、焼いたウリボウ肉にも、このようなしっとり感は出せないのではないかという気がするのです」

市中でカステーラを売る菓子屋には石窯があった。

岩石と粘土で造られている石窯は卵型に近く、焼き面の上が弓なりの天井となる構造で燃料には竈《かまど》同様薪《まき》が使われる。

前面に出し入れの戸が付いているので、熱効率が良く、弱火と余熱でじっくりと長時間焼くことができる。これが仕上がる料理や菓子の美味さと柔らかさの秘訣だと季蔵は確信していた。

「百歩譲ります。牡丹ずしとは言いません。ウリボウ肉を使った、長屋のかみさんでも作ることのできる、牡丹ずしの二番手は思いつきませんか？　わたし、実は知り合いの瓦版屋に頼まれて、〝一番安くて美味い料理、諸国篇《へん》〟という連載を頼まれてるんです。正直に申し上げます。この連載を向けてきたのは月銘堂の主で、売れ行きが伸び悩んできていて、本の出版は評判次第だというのです。わたしは粥を啜る暮らしに舞い戻る夢さえ見て、追い詰められた気分です。とにかく、顔見世の一回目はこれぞという切り札でないと――、瓦版の連載なんて、評判が悪けりゃ、すぐに打ち切りでしょう？」

泣かんばかりの篠原はいつしか土間にぺたりと座って、季蔵を仰ぎ見て両手を合わせていた。

「どうか、元のように腰掛けてください」

季蔵は篠原が床几に腰を下ろすのを見届けてから、

「ウリボウ肉を鉄鍋で焼いて、湯で仕上げてみようと思います。石窯の焼け具合と比べたいのです」

さらりと言ってのけると、

「そりゃあ、凄《すご》いっ、凄いっ」

篠原は喜色満面になった。

早速、三吉に命じて、まだ漬け込んでいないウリボウ肉の塊の下ごしらえをさせると、たっぷりの胡麻《ごま》油と赤穂の塩をまぶして四半刻置いた。

「さっきタレに漬け込んだウリボウ肉ではいけませんか？」

篠原の問いに、

「鉄鍋で焼くのは肉の塊の表面だけです。到底芯《しん》までは熱が通りません。あの特製のタレでは強火に負けてしまい、せっかくのタレの味があまり残らず、薄くなってしまいかねません。熱に負けない、胡麻油と赤穂の塩ぐらい強いものがいいのです」

季蔵は応《こた》えて、鉄鍋でさらに胡麻油を熱して、塊肉の両面を焦げすぎない程度にこんがりと焼いた。

鉄鍋から肉を取り出して粗熱を取っている間に、油紙で作った大きい油紙袋を用意した。

三

「それ、何です？」

篠原は目を丸くした。

「胡麻油と赤穂の塩で焼いた時、肉から出た旨味を逃さずに、肉全体に染みわたらせるためです」

季蔵は大きな油紙袋に塊肉を入れると、袋の口を緩く握り、塊肉が油紙袋の底にぴったりと収まるようにした後、油紙を袋の下から上へとぎゅっと一気にしごいた。

「袋の中の気を抜くのですね」

「肉と肉の間に気が残っていると、下味が染みこみにくくなるだけではなく、気が邪魔をして、肉が柔らかく仕上がりませんから」

季蔵は肉の塊が入り、気が抜けているはずの油紙袋の口を細紐《ほそひも》でしっかりと止めた後、僅かに緩め、自分の口を押し当てて残りの気を吸った。

湯を張った大きく深い鍋に油紙袋入りの塊肉を入れる。

「ほら、沈むでしょう？　よかった――」

季蔵はほっと息をついた。

「なぜ、浮き上がってはよろしくないのですか？」

篠原は首を傾《かし》げた。

「ここで浮き上がってしまってはまだ気が抜けていない証《あかし》ですから」

季蔵はこれを竈にかけて、三吉に五百まで数えさせて火を止めた。

「浮き上がったままだとどうなるんです？」

篠原は恐る恐る訊いた。

「熱がよく回らず中が生焼けになってしまいます。そのくせ、焼いた表面は固い。失敗です」

「するとあのあなたの吸い込みがこれの胆《きも》ですね」

「そういうことになります」

頷《うなず》いた季蔵は鍋に蓋《ふた》をしたまま、半刻（約一時間）ほど、鍋の湯が湯屋の湯加減程度に冷めるのを待った。

「できました」

季蔵はかなり小さくなったウリボウ肉を俎板に置き、いつもの見事な手並みでさっさっさっと三片削ぎ取ると、篠原と三吉に渡した。

「味見をお願いします」

「それでは――」

半ば緊張しつつも、篠原はうれしそうにこの肉片を頬張った。

「肉に歯が当たってほんの少し嚙《か》むと、すーっと嚙み切れてしまう。歯応えがあるのに柔らかい。石窯で焼いた牡丹ずしの柔らかさとは違います。一口に柔らかさといっても、これほどの違いがあるのですね」

篠原は興奮のあまり頬さえ紅潮させていた。

「おいらは断然、今、拵えた方。だって、石窯なんてある家、滅多にありゃしないんだから、家で拵えることができるっていうのは最高だよ」

「しかし、これは正直、石窯に比べて出来不出来がありそうですな。季蔵さんのように油紙袋の気が上手く抜ければいいのですが、上手くいかないと生焼けになってしまうと聞きました。もし、思わしくない出来になってしまったら、どうしたらいいのでしょう？」

筆を手にしている篠原は手控帖をめくった。

「生焼けでしたら、芯まで火が通るまで蒸籠《せいろう》で蒸すのです」

季蔵は応え、篠原の筆は動き続ける。

「ああ、蒸籠でしたら柔らかく仕上がりそうです。だったら、初めから蒸籠の方が失敗がないのでは？」

篠原は思いついたままを口にした。

「いや、蒸籠では気が入ってしまいますし、肉汁の旨味も逃げますので、先ほどのような出来には仕上がりません」

きっぱりと言い切った季蔵に、

「それではいっそ、鯛の湯引きを真似《まね》て、生焼けのまま、醤油等の好みのタレに付けて食してては？　皮が馬鹿に旨くなってコクが出る、鯛の湯引きと同じで案外いけるかもしれません」

篠原は呆《あき》れた提案をした。

鯛の湯引きは沸騰させた鍋の湯に、三枚に下ろした鯛を入れ、さっと皮目に熱が通って白くなったら取り出し、冷水に浸けて少々冷やし、梅肉や煎《い》り酒を添えて勧める高級料理である。

「駄目です。鯛と違って猪の肉は生焼けだと、よろしくない虫に取り憑《つ》かれ、大病に到《いた》ることがありますから。絶対に芯まで火を通してください」

　季蔵は苦言を呈した。

「とはいえ、蒸籠での蒸し直しじゃ、美味ではなくなるのでしょう？」

「もともと、石窯を使わないこのやり方で拵えた先のものも、柔らかくは嚙み切れるものの、とろりとまでは仕上がってはいません。牡丹ずしのネタには向いていないとわたしは思っています。石窯を使わずに焼いて湯の余熱を使ったものも、蒸籠使いで少々肉が固くなってしまったものも、なるべく薄く切って、大皿に盛りつけ、山葵《わさび》や生姜、練り胡麻、柚子《ゆず》、葱等の風味の醬油ダレで召し上がるのが一番です。変わり刺身のようで酒の肴《さかな》や菜になるはずです」

　季蔵は三吉に離れの納戸から大皿を運ばせる間、石窯使いではない、冷めてきた焼いて湯の余熱を使ったウリボウ肉を、そこそこの薄さに揃えて切っていく。

　大皿には花弁を思わせる、縁《ふち》が茶色で中が薄桃色のウリボウ肉の薄切りが盛りつけられた。

　その猪の薄切りに箸《はし》を伸ばした篠原は、

「これ、いいですね、これほどさまざまな風味のタレに合う薄切りはきっとないでしょう。肉にほのかに芳《かぐわ》しい風味があって、それがどんなものとも邪魔しあっていない。大皿にこうして花型に並んでいると、まるで大輪の牡丹の花のようだ」

　うっとりとため息をついた後、心ゆくまでこの料理を堪能した。

「タレまでご馳走《ちそう》でしたよ。ところで、この料理に何と名を付けたものやら――」

「牡丹さしというのはいかがです？」

季蔵がふと思いついた。

獣肉を売るももんじ屋では限られた上客に、生食用の猪肉等を売ることがあった。古来、生きものの生胆《いきぎも》や肉は最上の薬と見做《みな》されてきて、これもまた万能薬の一つで、たいそう高価であった。

もちろん、血抜きなどされていない代物で、経験上、これを食すと、生の獣肉がもたらす病に罹《かか》り、死ぬこともあると知っているももんじ屋では、造り置いてある氷室《ひむろ》で一度凍らせて最低一月ほど過ぎてから、もったいをつけつつ売った。

買い手はこれを常温で元に戻し、刺身のように切って醤油か塩で食するのである。獣肉には禁令が出ていて、薬食いとしなければ御法度だったが、病人が調達できることなど滅多になく、長生きをしたいと願う富裕層たちの公然の秘密が、この生のももんじさし食いなのであった。ちなみにももんじさしは猪だけではなく、紅葉《もみじ》とも言われた鹿《しか》、豚、牛、狐、狸《たぬき》――枚挙にいとまがなかった。

味はもちろん美味いはずなどないのだが、〝死ぬ前に一度は食べたしももんじさし〟と川柳にも詠まれていた。ようは高価な滋養食として、ももんじさしは庶民の憧《あこが》れなのであった。

「贅《ぜい》を尽くしすぎている金持ち連中がしかめ面をして、ももんじさしを食べている様子が目に浮かびます。〝ありがたや、ありがたや、南無阿弥陀仏《なむあみだぶつ》、南無阿弥陀仏〟なんて唱えながらね。あちらは高いだけで、不味《まず》さと臭みの極みのももんじ、こっちには安くてとびきり美味い牡丹さし。胸がすっとする面白い名付けです。よし、これにしましょう」

懸命に筆を使い、忙しく手控帖をめくった。

この手の話がもとめられていると感じた季蔵は、

「それから、この牡丹さしを使った簡単にできる料理の一番は、焼き飯だと思います。卵と葱、塩鮭《しおじゃけ》を油で炒《いた》めた飯は人気があります。この塩鮭を小指の先ほどの大きさに切り揃えた牡丹さしに代えてみてはと思います」

「なるほど、なるほど」

篠原は感心して書き付けつつも、

「ほかには？」

先を促してきて、やはり思った通りの成り行きとなった。

「牡丹さしをやや厚目に切って、まるで癖のない牡丹鍋を楽しむこともできます。ですが、馴染《なじ》みのある猪とはいえ立派なももんじで、薬食いでしか認められていないことを考えると、もう鍋が恋しい冬場ではありませんし、多少贅沢感のある牡丹鍋は外しましょう」

「見当がつきません」

篠原はうーんと唸《うな》り、季蔵は頭に浮かんだ牡丹さし料理を口にした。

「牡丹雑炊《ぞうすい》、牡丹うどんはどうでしょうか？　土鍋の出汁《だし》の中に、さっと湯をかけて粘り気をとった飯を入れ、割って掻き混ぜた卵を回しかけ、細切れに刻んだ牡丹さしと刻んだセリを載せて、風味と香りを楽しめるのが牡丹雑炊。濃い醬油味の汁にうどんを入れて、同様に細切れ牡丹さしを具にしたのが牡丹うどん。ただし、こちらの方はセリではなく、たっぷりの刻み葱でいただきたいものです」

四

「粘って通ってきた甲斐《かい》がありました。これで読み手を喜ばせる一家言が書けます」

そう告げて篠原は帰って行き、烏谷椋十郎《からすだにりようじゆうろう》と戸口ですれ違った。

「このような刻限におみえとはお珍しいですね」

季蔵は穏やかな笑みで相手を迎えたが、

――やれやれ、これは大事だな――

肩と背中に緊張を覚えた。

浪人だった季蔵は先代主、長次郎《ちようじろう》に勧められてこの店で料理人の修業をしていたところ、突然、長次郎が亡くなってこの店を継ぐことになった。

ところが先代長次郎の生業《なりわい》は一膳飯屋だけではなく、密かに北町奉行烏谷椋十郎のお手先を務めていた。長次郎の通夜《つや》に現れた烏谷のたっての頼みと、季蔵にも思うところがあって、裏稼業の隠れ者として仕事をこなすようになって久しい。

そんな事情だったから、もとより烏谷は塩梅屋の料理に惹かれて訪れることなど稀で、たいていは相撲取り《すもうと》のような図体に見合った大食漢ぶりを発揮しつつ、内偵等の秘さねばならない裏仕事を命じにくるのが常だった。

「牡丹ずしは残っているか？」

「一人分ならございます」

季蔵はまだ賄いを口にしていなかった。

「貰おう」

烏谷はいつになくむっつりとした表情を隠さずに裏手の離れへと歩いた。

──そう急ぐものでもなさそうだが──

季蔵は不可解に思った。いつもは暮れ六ツの鐘と共に訪れてくるが、急を要する重大時に限って、馴染みの水茶屋の二階で会うことがあるからである。

離れで相手と向かい合った季蔵は、自分の分の牡丹ずしに濃い煎茶を添えて供した。

──牡丹ずしにしても、瑠璃《るり》と虎吉《とらきち》の好物とわかって三日に上げず南茅場町《みなみかやばちょう》まで届けている。お奉行様の分も別の重箱に詰めているのだが──

瑠璃は季蔵の元許嫁《いいなずけ》である。主家の嫡男の奸計《かんけい》に嵌《は》められ、家宝の茶碗《ちゃわん》を割った咎《とが》で自害を迫られた季蔵が、主家を出奔した後、紆余《うよ》曲折を経て、瑠璃と再会し得たのは幸いだった。

だが、長きに亘《わた》る心労と我慢の限界が来て、瑠璃は深くそして長く心を病むこととなり、堀田季之助《ほったとしのすけ》が塩梅屋季蔵になっている事実についても、ほとんど理解できずにいる。

そんな瑠璃の世話をしてくれているのが烏谷の内妻で長唄《ながうた》の師匠のお涼《りょう》だった。妻を亡くして以来、妻帯していない烏谷にとってお涼の二階屋が我が家同然であった。お涼の住まう南茅場町に伝えれば、すぐに何でも烏谷の耳に入る。届け物も同様であった。

「どうもこれは病みつきになる。昨日も沢山食べたが、朝起きるとまた食べたくなる」

烏谷はふうと感極まったため息をついた。

「虎吉に凄まれると分けてやるしかないしな」

ちなみに迷い猫だった虎吉はごちゃごちゃと茶や黒が混じったさび猫の雌《めす》で、瑠璃の一の子分を自任している。毒蛇と闘って瑠璃を守ったことまであり、なかなか凜々《りり》しい面構えゆえに、雌ながら虎吉と名付けられている。

断るまでもなく、主の好物は全《すべ》て虎吉の好物でもあり、牡丹ずしにも目がなかった。また、瑠璃が凝っている玄人裸足《くろうとはだし》の紙花造りにも興味津々、破ったりなど決してせずに静かに観賞している。

「虎吉ときたら、瑠璃さんの傍らで仕えるようにしている時は、忠犬さながらか、侍女のように従順、しとやかなんですよ。始終、瑠璃さんの近くにいるわたしに対しても大人しい。でも、他の相手には、それがたとえ大男の旦那様《だんなさま》であっても、怯《ひる》まず凄むんですよ。どうやら、旦那様の大食ぶりの向こうを張りたいようなのです。猫はとかく小食だっていうのに、人並みに、大食も力のうちだなんて思ってるのかもしれないわ」

重箱を返しに訪れたお涼が苦笑まじりに告げていた。

――食べておられる時のお奉行様は無邪気そのものなのだが――

牡丹ずしを食べ終えた烏谷は先代の位牌《いはい》を安置してある仏壇の方をちらりと見た。

「しまった、長次郎への挨拶を忘れていた」

烏谷は仏壇の前に座ると、線香を上げて合掌し、

「これもいただくとしよう。今、長次郎に許してもらったところだ」

「とっつぁんも喜ぶことでしょう」

季蔵は仏壇の牡丹ずしを下げると、烏谷の膳に置いた。

「長次郎と分け合って食うている気がして楽しい」

あっという間に長次郎の牡丹ずしは烏谷の胃の腑《ふ》に収まった。二杯目の茶を啜り終わったところで、

「何が嫌かといえば、まだ起きてはいないが、必ず起きるであろう大事件についてあれこれ、悩まずにはいられぬことよな。これにはよほど気が滅入る」

烏谷はやや疲れた表情になった。

――精悍《せいかん》そのもののお奉行様らしくないご様子だ――

季蔵の労《いたわ》るような眼差《まなざ》しに気づいたのか、

「申しておくが、わしは地獄耳にして千里眼。まだ、まやかし占いの厄介になどなってはおらぬぞ」

烏谷はかっと大きな目を剝《む》いた。

「でしたら、大罪を犯している敵が見えないということですか？」

季蔵は怯まずに訊いた。

「その通りだ」

烏谷は大きく頷いて、

「実はな、疾風小僧翔太《はやてこぞうしょうた》がこの江戸に来ているのだ」

やや声を低めた。

「盗賊ですね」

知らずと季蔵も囁《ささや》き声になっていた。

「言うまでもない」

「どんな手口の盗賊なのです？」

季蔵は盗賊という言葉に怒りを込めた。その一方、

――強気なお奉行様さえ、これほど落ち込む相手の盗賊に、このわたしが役に立つものだろうか？――

不安が胸をよぎった。

珍しく相手の応えを待たずに、

「火付盗賊改方《ひっけとうぞくあらためかた》の大川《おおかわ》様は？」

自分の言葉を重ねていた。

すると、季蔵をこれ以上緊張させまいとする配慮なのか、烏谷は悠揚《ゆうよう》迫らぬゆったりと

した物言いで、

「当代の火付盗賊改方の大川夏蔵《なつぞう》は切れ者だ。その大川がこれは自分たちだけでは到底始末できぬとわしに告げてきた」

ことの次第を話し始めた。

――盗賊ほど酷《ひど》い連中は他にいない――

季蔵は再び盗賊への怒りに震えた。

盗賊たちはそのほとんどが大店《おおだな》の金蔵を狙《ねら》って押し込みをする。手引きをする仲間は、最低一年は狙いをつけた店に奉公していて、間取り等を報《しら》せる役目を担う。そして、たいていの押し込みは主夫婦や子どもたち、奉公人たちを皆殺しにする。盗賊たちの仲間の結束は首領の力が強いほど固く、奪った金の分け前で揉《も》めて殺し合いをするような事態になって、やっと綻《ほころ》びが出て捕縛できる例が多かった。

「上方にいた疾風小僧翔太は何と盗賊にして義賊だ。だから、今まで一人の殺しもやっていない」

烏谷は言い放ち、

「義賊ですか」

季蔵は首を傾げた。

――聞いたことがない。義賊といえば鼠小僧次郎吉《ねずみこぞうじろきち》で、刑死している。疾風小僧翔太、名乗りからして従来の義賊と同じではないか――

「疾風小僧翔太は今、そちの頭に浮かんだような義賊ではない。上方のみならず、薩摩《さつま》や蝦夷《えぞ》の遠方にまで仲間がいて、その数は知れない。そして首領は誰だかもわからない。もちろん、あちこちの奉行所や代官が、仲間と見做《みな》した者を捕らえて責め詮議《せんぎ》にかけると、耐えられずに、とうとう〝知っています〟と応えるものの、その先は本当に知らないので首だけ刎《は》ねて仕舞いになっている。大川夏蔵は二代続けて火付盗賊改方を拝命した意地も誇りもある男だ。盗賊捕縛にかけては、右に出る者などいない。そんな大川がわしに頭を下げてきたのだ。疾風小僧翔太、恐るべしではないか？」

「上方にいた疾風小僧翔太はなにゆえ、この江戸にやってきたのでしょう？」

季蔵は人殺しをしないという義賊集団疾風小僧翔太に興味が惹かれた。

「これを見よ」

烏谷はやや忌々《いまいま》しげに袖から文を取り出した。

以下のようにあった。

江戸にも上方ばりの強欲非道な金の亡者がいるようなので、一つ、このわたくしがそっくりいただいて、食べ物にまで窮している者たちに届け、汚れた金をきれいにいたしましょうぞ。

疾風小僧翔太

江戸南北町奉行様

火付盗賊改方様

五

「その上、南町奉行の吉川直輔《よしかわなおすけ》殿には奥方にまでよろしくと頼まれてしまった。奥方の勧めもあって、風雅に通じた吉川殿は届けられた疾風小僧翔太の文を読んでからというもの、眠れず、食も進まず、この陽気だというのに時季外れの風邪《かぜ》で寝込んでしまったという。疾風小僧翔太が市中で盗みを働き、これを捕らえられなければ、吉川殿は先の出世の見込みを絶たれるのだから、夫婦して、ただただ上を目指したいあの方々にはよほど応えたはずだ。それゆえ、わしに何もかも背負わせようとするのは何とも片腹痛い。わしとて疾風小僧翔太は強敵すぎると思うている」

烏谷は南町奉行吉川直輔と夫の役目を仕切る妻に呆れつつ立腹していた。

「伊沢蔵之進《いざわくらのしん》様なら頼りになるはずですが──」

伊沢蔵之進は塩梅屋の先代主の娘おき玖《く》を娶《めと》っている南町奉行所定町廻《じょうまちまわ》り同心であった。南町にありながら北町の烏谷とも通じていて、秘密裏に縄張りを越えた働きをしていた。

「むろん、あやつにはすでに話してある。しかし、まだ盗みは行われていない。わしもこれは奉行所に多少悪意のある面白がりようで、疾風小僧翔太の文など、ただの騙《かた》りで終わって欲しいと心のどこかで思っているのだ。北町南町とも奉行所内で知る者はいない。この話、くれぐれも内聞にしてくれ」

「仰《おお》せられるまでもなく承知しております」

季蔵は大きく頷いた。

「実は疾風小僧翔太の文が真《まこと》のものだと考えて、そちに頼みがある」

「何なりと」

「金六町《きんろくちょう》にある口入れ屋遠田屋《えんだや》にはとかくの悪い噂《うわさ》がある。常に屈強な若い男、見目形のいい若い女の口利きをしているのだが、多くは仲介した奉公先が市中ではなく遠方なのだ。江戸を離れて帰ってきた者はいないという」

「それではまるで人買いではありませんか」

「主の近兵衛《きんべえ》は送り出す者たちに、相応の支度金を出している。夜の闇《やみ》に隠れて掠《さら》うのではないから、人買いでお縄にすることはできん」

「遠方なら船にも乗りましょう。船頭も遠田屋の者なら、逃げることなどできない海の上のこととて、支度金など奪い返すのは朝飯前のことです」

「わしもそのように睨《にら》んでおる。しかし、これぞという証がない。一方、疾風小僧翔太は大悪人の財を狙って残らずかっ攫《さら》い、貧する者たちに与える。それが義賊の務めで心意気だと自任しておる。もし、わしらよりも先に、この遠田屋に本物の疾風小僧翔太が、盗みに入ってしまったとしたら、こちらに立つ瀬はない。いい笑いものだ。何とか先手を打たないと――」

「わたしが内偵いたします」

からだった。

季蔵が淀《よど》みなく応えたのは、諸悪の中で最も悪質なものの一つが人買いだと思っている

——是非とも悪の証を摑《つか》まねばならない——

ただし疾風小僧翔太の先手を打ちたいわけではなく、この点は烏谷の考えとは多少異なっていた。

——捕らえるべき悪に順番があるとしたら、間違いなく人買いの方が義賊よりも先のはずだ——

「ところで、市中に知らぬ者などいないほど、牡丹ずしは大人気だ。一つ——」

話を変えた烏谷が言いかけると、

「遠田屋の主が牡丹ずしもしくはウリボウ肉を使った膳をと望んでいるのでしょう?」

季蔵は先を急いだ。

前に、開いて揚げた鰯《いわし》を甘辛ダレに漬けて飯に載せる、師走飯《しわすめし》を賄い売りにした時、富裕な商人からその手の注文があったからである。

「半分は当たっているが——」、話は仕舞いまで聞くものだぞ」

烏谷は頷く代わりに鼻を鳴らして、

「遠田屋近兵衛が是非にと言っているのは最高の牡丹ずしだ。これに十両出す代わりに、奉公人たち三十人に只で普通の牡丹ずしを振る舞うようにとのことだ」

「うちの牡丹ずしは十五文ですから、三十人分でも四百五十文。十両なら何千人前にもな

ります。驚きました」

──これには何か、仕組まれているのではないか？──

まさか、そこまでは言葉に出せずに季蔵は目を伏せた。

「ただし、近兵衛が最高と認めた牡丹ずしの作り方も十両に含まれる」

「それにしても──」

季蔵の困惑は続いていた。

「なに、あやつは猪母子が走り回る山を幾つも江戸近郊に持っている。口入れ屋をしていれば人と人との絆《きずな》も多くて深く、人払いができて内々の話ができる料亭を開けば、またしても商いが太ると並々ならぬ色気を出しているのだ。おそらく買い取る店の目星もつけているはずだ。しかし、そのためには看板料理が要る。近兵衛が声を掛けるような金持ちたちは、最高の牡丹ずしとあらば口福、口福と有り難がり、惜しまず十両は出すことだろう」

「となると、わたしは十両の重みに耐える牡丹ずしを拵えねばなりませんね」

季蔵は知らずとぴんと背中を伸ばし居住まいを正した。

「その通りだ、よろしく頼むぞ」

ここで立ち上がりかけた烏谷だったが、

「その最高の牡丹ずし、わしにも必ず食わしてくれ、忘れるなよ」

念を押すのを忘れなかった。

何日か過ぎて、

「大変、大変」

三吉が瓦版片手に使いから帰ってきた。

「載ってる、載ってる、先だっての男の話。ここで季蔵さんがやって見せたり、話したりしたことごっそり――」

そんな三吉から瓦版を受け取った季蔵は、

「たしかに牡丹ずしに使うネタの焼き方が二通り、書かれているな」

「まるで自分が思いついたような書きっぷりだよ」

「そうかな、牡丹ずし発祥の塩梅屋の主より聞いたと、ちゃんと書き添えられてるじゃないか」

「でも、たった一行だよ。後はぜーんぶ、ここで見聞きしたことだ」

三吉は両頬を膨らませている。

「今までは季蔵さんが拵え方を一枚、一枚書いて、店に置いといてさ、お客さんに広めてもらってた。おいら、そういうのがいいなあ。あの男は他人の褌《ふんどし》でいいお銭《あし》とか貰っちゃうんでしょ、狡《ずる》いよ、狡い。季蔵さん、口惜《くや》しくないの？　おいらだったら到底許せない」

顔を真っ赤にして憤懣《ふんまん》を訴え、赤い河豚《ふぐ》になったかのように見える三吉を、

「まあ、篠原様もお仕事なのだから仕方がないのだよ。とかく浮き世の身すぎ世すぎは大変なものだ」

季蔵は三吉を言い聞かせるようにして宥《なだ》めたが、危うく遠田屋が示してきた最高の牡丹ずしの値段を口にしそうになった。

——十両だと言ったら三吉は腰を抜かすほど驚いて、ああこれでしばらく店賃《たなちん》の心配をしなくてよくなった、米はもとより、酒や砂糖等の買い置きが乏しくなっても案じないで済むと手を叩《たた》いて喜ぶだろうが、まだ絵に描《か》いた餅《もち》にすぎない——

この何日間か、季蔵は昼に夜に遠田屋の望みについて考えていた。

暖簾を下ろして三吉が帰った後、明け方まで最高の牡丹ずしの試作で時を過ごしている。

その間には伊沢蔵之進が、

「話はお奉行から聞いている。おそらくまだ灯《あか》りでもついているのではないかと立ち寄ってみた。今度もお奉行の仰せでおまえさんと組むことになっている。そうなると、おまえさんの最高の牡丹ずしとも俺は関《かか》わりがある。ようはお役目を笠《かさ》に着て、最高の牡丹ずしの一番乗りになりたくてね」

変わらぬ飄々《ひょうひょう》とした様子でひょっこり顔を出し、

「それにしても美味いなあ、これは。これでもう充分じゃないか、これこれ、これが最高の牡丹ずしだよ」

まだまだ季蔵は得心がいかない試作の牡丹ずしを堪能して、ほろ酔い加減に酒を飲んだ。

そして、

「おき玖お嬢さんの分もお持ち帰りください」

季蔵の差し出す折り詰めを手にして朝陽の中を帰って行った。

季蔵は蔵之進が訪れる日もそうでない一人だけの時も、

——あくまで牡丹ずしでなければならないとすると、工夫できるのは焼き方なのだが、焼いて湯の余熱を使うやり方では、あっさりと柔らかく仕上がり、牡丹ずしのネタの柔らかさと甘い風味までは出せない。篠原様にも言った通り、牡丹ずしには断然、石窯焼きのウリボウ肉でなければならない。しかし、石窯焼きの場合、少なくとも一昼夜は特製のタレに漬け込む必要があり、中までよく染みたあの味が何とも美味く、醤油など不要なほどなのだ。あれを凌《しの》ぐものなどできるのだろうか——

最高の牡丹ずしを創り出すべく、ほとんど不眠不休で試行錯誤を繰り返していた。

六

その日も季蔵は塩梅屋で朝を迎え、飯を炊き始めていると、

「ごめんください」

篠原裕一郎が訪れた。

自分が書いたものが載った瓦版を手にしている。

「その節はありがとうございました。たいそう好評で、版元も喜んでくれたので続けられ

そうです」

篠原は深々と頭《こうべ》を垂れた。

「それは何よりです」

飯の炊けるよい匂いが店の中に立ちこめている。

ぐうと腹が鳴って篠原は赤面した。

「伺うのが早すぎましたな」

「実は理由《わけ》あって、このところ長屋に帰っていません」

「そのようですね、灯りを見ておりました」

「夜分においでに？」

「このところ、夜分につきあいが多く、こちらの方へ来ることもあるものですから、それで——。直《じか》にお礼を申し上げたかったのですが、寝ずのお仕事でお忙しいのだと遠慮していました。これは心ばかりの御礼です」

篠原は懐から瀬戸物でできた、蓋付きの小さな容《い》れ物《もの》を取り出して季蔵に差し出した。

「これは？」

「蓋を開けて鼻を近づければわかります。大丈夫、紙一重ですが腐ってはいません」

言われた通りにした季蔵は、

「醤《ひしお》の一種だとは思いますが——」

小さな容れ物の中の汁は深く濃い風味に饐《す》えて、強烈な個性を放っている。

醬とはさまざまな食材を塩漬けにした時、滲《にじ》むように出てくる、旨味が凝縮された液のことである。

ちなみに大豆から造られる醬油や味噌は穀醬《こくびしお》と呼ばれている。

「けれど醬油でもなければ、味噌でもありませんね。最も近いのは、奥州では鍋に欠かせないしょっつるや加賀《かが》の魚醬油《いしる》のような魚醬《うおびしお》ですが、これらほど鋭く鼻をつく匂いではありません。もっとまろやかながら力強く、食欲をそそる匂い——いったい、これは？——」

季蔵は首を傾げた。

「決して腐ることのない寒仕込みの肉の醬《ひしお》です」

篠原のタネ明かしに、

「なるほど——」

季蔵は得心しつつ、

「肉の醬に出会ったのは初めてです」

ふうと感動のため息を洩らした。

「魚醬と同じようにして拵えるのですか？」

訊かずにはいられない。

魚醬の拵え方については、先代長次郎の日記に以下のように記されていた。

お客様で立ち寄られた奥州出の士分の話によれば、魚醬は大漁が過ぎた時に樽《たる》に仕込むのだそうだ。充分な量の魚をはらわたを抜かずに塩漬けにする。はらわたによって魚は旨味液となるので決して抜いてはならない。また、冬場であっても、塩が足りないと腐りやすいので絶妙な塩梅《あんばい》が要る。慣れた腕が必要だ。

「おおむね同じですが、使う肉は猪肉が最上だそうです。そのせいで肉醬と書いてししびしおと読むのだそうです。肉醬《ししびしお》は海を隔てた国々から伝わったとされています」

「はらわた付きの大きな猪に、余すところなく塩をまぶすのは無理でしょう？　第一樽に入りきりません」

「ええ、それで、捌《さば》いた猪をはらわたと肉、別々の樽に塩漬けにします。その時季はもちろん、猪の脂がよく乗る冬場です。十四日かそこらで、はらわたがどろどろに溶けきります。そこへ塩漬けにした肉を漬け込むのだそうです」

「もしや、それ、本格的な烏賊《いか》の塩辛の拵え方に似ていませんか？」

季蔵はふっと思い当たった。同時に烏賊料理の腕を競い合った今は亡き武藤多聞《むとうたもん》を思いだしていた。

身重の妻と長屋住まいだった武藤多聞は、庭掃除や風呂焚《ふろだ》き等の仕事を掛け持ちでこなしつつ、料理の腕にも長《た》けていて、季蔵は教えられることも多かった。

「そうです、そうです、そうなんですよ。塩辛もまた、烏賊の醬というわけです」

篠原はうれしそうに相づちを打った。

――この男とはここまで深く料理が語れる――

季蔵もまた心が浮き立つのを感じた。

「肉醤と言われてもぴんときませんでしたが、塩辛と同じ拵え方とわかると親しみを感じますね」

季蔵の言葉に、

「それにしても、塩辛に勝るとも劣らない肉醤が知られていないのが残念です。お上のお考えで獣肉は薬食いとしてしか許されていないせいなのでしょうが、とにかく断然美味いものですよ。飯に垂らして食べてみましたが、そんじょそこらの佃煮《つくだに》など吹っ飛ぶほどです」

篠原は炊きあがって竈から外され、蒸《む》らしに入っている釜の方を見た。

「一つ食べてみましょう」

季蔵の腹もぐうと鳴り、

「同じですね。実はわたし、これを当てにして空《す》きっ腹《ぱら》を抱えて朝早くに押しかけたのです」

篠原が笑った。

こうして二人は炊きたての飯に肉醤を惜しみ惜しみ垂らして食べた。

「何とも食が進みますね」

季蔵は三膳目を自分の飯茶碗によそった。

「その昔編まれた〝和名類聚抄《わみょうるいじゅしょう》〟に猪の鮓《すし》とあるのは、この肉醤に塩漬け肉を漬け込んだものではないかと思います。その昔は、物々交換のほかに、塩のように俸給として支給していたのではないかとも言われています」

篠原の箸も忙しく楽しげに動いている。

「塩漬けしてある肉を肉醤に漬け込んで、どれだけの味だったのでしょうか？」

季蔵は気にかかり、

「それ、それ。いつ、あなたが訊いてくるかと心待ちにしていました。その前にわたしのことを話しましょう」

一時篠原は箸を止めた。

「実はわたし、日向《ひゅうが》の山奥で猟師から獲《と》ったばかりの猪を馳走になったことがありました。山奥では米がとれないので、時に猪肉が米の代わりにして肴や菜なのです。ここでは生肉は虫がいるから危ないなんてやわなことは誰も言いません。皮も剥《は》がず、各々、小刀で肉片を切り取り、食べることのできない毛の部分だけ、さっと炙《あぶ》って焼いて始末した後、皮ごと焼酎で流し込むようにして食うのです。こうして三日ほどは皮付きの猪肉を堪能しますが、これ以上は急速に傷みはじめるので、このやり方で食べ続けるのは無理になります」

「そこで長く保《も》たせる方法を知られたのですね。それが肉醤であったと？」

「その通りです。塩漬けしてあるままでは塩辛すぎるのですが、塩を抜いてから漬けるのではあまり保たないでしょう？　だから、そこではそのまま漬け込んでいました。わたしは前に漬け込んであって、食べ頃のものを焼いたのを馳走になりました。けれども、せっかく肉醤と合わせてあっても、肉醤ならではの風味や旨味よりも、塩漬け肉の塩味が際立ってしまっていました。菜や肴にはなりますが、正直それほど旨くはありませんでした。素晴らしい肉醤を生かせていないのが残念でなりませんでした」

篠原はふうとため息をついた。

「食べる分だけその都度、沢庵《たくわん》の塩抜きと同じやり方で、塩漬け肉から塩を抜いて、肉醤を振りかけるのはどうでしょう？」

この時、季蔵の裡《うち》で何かが閃《ひらめ》いたが、それが何であるか、まだ明確ではなかった。

「塩漬けのままよりは多少はましでしょう。とはいえ、塩を抜いた沢庵って、どこか、間の抜けた味ではありませんか？　わたしはあまり期待はできないと思います」

言い切って、篠原は話を変えた。

「ところで、どんな家でも拵えている茄子《なす》や胡瓜《きゅうり》などの青物の塩漬け、あれらからも醤ができるのです。御存じでしたか？」

「いいえ――」

「それは草醤《くさびしお》と言います。それは肉醤のように作られても知られてもいないのではなく、捨てられています。何とも勿体《もったい》ないの一言です」

篠原はわざとしかめ面をして見せた後、

「といって、わたしもこれという使い途《みち》が思いつきません。肉醤ともども、あなたなら、これを活かせる食べ方を工夫できるのではないかと――お願いします、頼みます。わたし、食べ物や料理の書き物で糊口《ここう》を凌いでるんです、この通りです。神様、仏様、塩梅屋様」

おどけた様子で両手を合わせて季蔵を拝んだ。

「それじゃ、よろしくお願いします」

油障子を開けて出て行った篠原と入れ違いに、季蔵の言いつけで、店に来る前に買い物をしてきた三吉が入ってきた。背中に買物用の籠《かご》を背負っている。

「揃ったか？」

――最上の牡丹ずしの漬け込みダレには是非とも、極上の酒と黒酢、牛の乳等を使いたい――

「うん、全部揃ったよ」

勢いよく頷いたものの、三吉は、

「よくないことだけど、戸口で声が聞こえたもんだから、つい気になって、おいら、あの男と季蔵さんの話、立ち聞きしちゃったんだ。季蔵さん、またあいつにいいように使われるの？　もう、止《よ》した方がいいと思うけど」

我慢できずについ洩らし、

「いいんだ、余計な口出しはするな」

いつになく季蔵は尖《とが》った声を出した。

七

この夜も季蔵は長屋に戻らなかった。篠原と話していた時の閃きが形になったのは、何と草醤を使っての料理からだった。

季蔵はこの時季、知り合いの農家から特別に早く夏大根を仕入れている。

夏大根は大きくて太くてやや甘味のある冬場の大根とは正反対で、細く多少の苦味とかなり応える辛《から》みがある。これをすり下ろしたものを蕎麦通は好んで薬味にする。この手の蕎麦通はたいていが酒好きで、辛み蕎麦は肴代わりである。これに案を得た季蔵は仕入れた夏大根を短冊に切って塩漬けにしている。

塩漬けの夏大根は顔をしかめ、目から涙が出るほど苦くも辛くもなくなる。苦味と辛みが絶妙に相俟って、酒が進む人気の突き出しとなった。

塩梅屋では今まで、こうした夏大根の塩漬けから出る汁、草醤の一種を捨てていたわけではない。塩梅屋では暑さを感じるようになると、賄いの葱の味噌汁にこの汁を加えて飲む。葱がない時はこの汁だけの味噌汁のこともあった。

「これって身体が喜んでるような気がするよ。それに口の中がひりひりするほどのすり下ろし夏大根より、全然辛くない。あ、でも、おいら、夏大根の塩漬けと汁、別々に味見したことあるけど、汁の方がちょっと辛いは辛かったよ。とはいえいい辛さだった」

真顔で洩らした三吉が諸手《もろて》を挙げて夏大根の塩漬け汁を讃《たた》える理由はもう一つあった。

実は、三吉は夏場、酒はまだ早いという季蔵の戒めを聞かず、祭りの酒を飲み過ごしたことがあった。

その際、丸一日以上、吐き気が止まらない堪《た》え難い二日酔いに襲われたのである。この折、季蔵は炊いた粥にこの夏大根の塩漬け汁を混ぜて三吉に食べさせたところ、当人の言葉を借りれば〝おいら、おかげで生き返った〟のであった。

このように夏大根の塩漬け汁の草醬はなかなかの使い途がある。

――けれども、味噌汁や粥に入れたりでは品書きに載せられる料理ではない――

そこで季蔵は時季の干した白瓜《しろうり》と独活《うど》をこの汁で和《あ》えることを思いついた。

「ごめんください」

夜更けて篠原がまた訪れた。

「季蔵さんのことだから、そろそろと思ってきてしまいました。とにかく料理のこととなると気になって――。お邪魔でしたか？」

物腰は変わらず丁寧だが、屈託のない笑みを浮かべている。

「とんでもない。篠原様なら、適切な助言をいただけるので有り難いです」

季蔵も知らずと顔を綻ばせていた。

「今から思いついた草醬料理を試してみます」

当然さらなる気合いもかかった。

白瓜はほぼ干瓢《かんぴょう》ぐらいの幅でするすると剝き上げて日陰に干してある。干し白瓜には生の時とは異なる独特の歯応えと風味が加わって、水で戻した後、定番の煎り酒の代わりに夏大根の塩漬け汁だけで和えてみた。

箸を伸ばした篠原は、

「とかく、白瓜の料理は頼りないものなのですが、これだと、あっさりしつつ底力の感じられる味わいになっています。酒飲みにはたまらないでしょう」

うんうんと幾度も頷いた。

独活の方は時季の吸い物に仕立ててみた。皮を剝いて小指ほどの長さの千切りに切り揃えた独活を、アク抜きのために少々の時間酢水に浸けておく。桜の塩漬けは水に浸けて塩出しする。珍しく手に入った菜の花の若い花芽はさっと茹でる。

昆布《こんぶ》と鰹《かつお》でとった出汁に夏大根の塩漬け汁を加え、独活を入れて透明になったところで椀《わん》に盛り、菜の花の若い花芽と桜の花をそっと浮かべるように添える。

「独活や菜の花、桜の花の匂いはまさにたおやかな春そのものです。一方、辛みもある夏大根の汁の匂いは初夏の風を感じさせます。今は春ですけど、もうそこまで夏も来ているという感じが何とも奥深く素晴らしい。飲んでしまうのが惜しいほど、これはたいそう高尚な一椀ですよ。わたしに歌の素養があれば一首詠んでいるところです」

篠原はゆっくりと時をかけて試作の吸い物を味わった。

「できれば明日の品書きに添えたいので料理名を付けていただけませんか？」

季蔵の頼みに、

「先ほど申しましたように、わたしは無粋者なのでたいした名付けはできませんが、わかりやすく、白瓜の夏大根醬和え、春の夏大根醬清汁《すましじる》ではいかがでしょう?」

篠原はさっと応えた。

「結構です、ありがとうございます」

季蔵は品書きに書き添えた。

「明日の晩はこの品々が出るわけですね」

篠原が念を押した。

「ええ」

「主となる肴は?」

「初鰹を二サク、明日も知り合いの漁師さんに勉強して分けてもらうことになっています」

「それは凄いっ」

篠原は目を見開いた。

「とにかく、お客様方に喜んでいただきたくて、ただし、先着の何人かで、お一人様、一、二切れですが——草醬の夏大根の塩漬け汁で調味した白瓜の和え物と独活の汁に合う、初夏の兆しを感じつつの最高の春の味を召し上がっていただきたかったのです」

季蔵は炊き上がって蒸らした飯を釜から飯台に移した。すし飯用の合わせ酢を加えて木《き》杓子《じゃくし》で切るように混ぜる。

「昼の牡丹ずしを作るのにはまだ早すぎませんか？」

篠原は怪訝《けげん》そうな表情になった。

「これは牡丹ずしではありません」

団扇《うちわ》で仰ぎ続けて冷めた飯粒が艶《つや》やかになったところで、季蔵はすし飯を掌《てのひら》に取って何個か握った。

その後、俎板に初鰹のサクを置いて、握ったすし飯に載せるネタを、削ぐように切り取っていく。

「すしのネタとなると、刺身に切るのとはまた違うんですよね、なかなかむずかしい。それにしても初鰹の握りずしとは見たことも、聞いたこともありません。まあ、鰹は傷みやすいので、たとえ値が安くても屋台のすし屋じゃ、使えないでしょうが――」

篠原は初鰹ずしに驚きつつ感心している。

「どうぞ、タレ別に食べ比べてください」

季蔵は初鰹ずし三個を並べて小ぶりの長四角の皿に載せ、蓼酢《たでず》、生姜汁、にんにく醤油の三種のつけダレが入った小皿を添えた。

「初鰹の刺身といえば蓼酢ですよね」

篠原は蓼酢のタレにつけた初鰹ずしから試食を始めた。

「蓼の清々《すがすが》しさはよいのですが、すし飯と一緒のせいなのか、上品すぎて少々、物足りない気がします」

　二個目の初鰹ずしを摘まみ上げた篠原の箸は生姜汁に移った。

「生姜はすし飯とも初鰹ともきっといい相性なのでしょうが、蓼と同様大人しすぎる。これならいっそ醬油だけの方が――」

　ぶつぶつと呟《つぶや》きつつ、最後の一個をにんにく醬油につけて口に運んだ。

「おっ」

　篠原の目が輝いた。

「これです、これ。醬油もにんにくも匂いや風味が強いから、何もかもこの味になってしまうかといえばそうじゃない。ちゃんとすし飯や初鰹にも主張させてるんですね。にんにくは良き頭《かしら》か長《おさ》ですよ。いやはや、美味いものを食べたという充実感がありました。ありがとうございます」

　箸を手にしたまま篠原は深々と頭を垂れた。

「ところで、これを思いついたきっかけを是非とも知りたいですね」

「わたしが初鰹ずしを思いついたのは、お客様方に、少ない量の初鰹を贅沢に食べたと感じてほしかったからです。握りずしはネタとすし飯を一緒に食べるので、すし飯にも初鰹の匂いが移り、食べた、食べたと満足していただけるのではないかと思いました」

「初鰹のタレに蓼酢や生姜は珍しくありません。にんにく醬油はどこから？　どうして？」

「先代の日記に〝今の時季から夏にかけて、傷みやすい魚類に、唐辛子、葱、にんにくを使うとよろしい。臭みも無くなり美味しく魚類を味わえる。ちなみにこれらに合わない魚は無い〃と書かれていました。それで思い切ってにんにくと醬油を合わせてみたのです。一人で試してみて悪くないとは思いましたが、篠原様に認めていただけて何よりでした。これでお客様方に、自信を持って初鰹ずしをにんにく醬油で召し上がっていただけます」

季蔵も先ほどの篠原に倣《なら》って頭を下げた。

――実はこの初鰹ずしも最上の牡丹ずしへの布石なのだが――

「思いがけずこのような馳走に与《あずか》ってしまい恐縮です。後は一件、肉醬の料理だけになりました。よろしくよろしくお願いします」

満面の笑みでさりげなく催促を忘れず、戸口へ向かった。

第二話　義賊かつお

一

翌朝、店に出てきた三吉《さんきち》は走ってきたせいで、はあはあと息を切らせつつ、一言洩《も》らしただけで、

「それよか、季蔵《としぞう》さん、大変、大変なんだよ」

頰《ほお》は紅潮しその目はきらきらと輝いている。

「何だ？　どうした？」

三吉が家と店の間を通うのに走ることなど滅多になかった。

「これっ」

三吉は季蔵に握りしめていた瓦版《かわらばん》を差し出した。

「つい少し前に刷り上がったもんなんだ。ことがことだけにみんな読みたくて並んでて、買うのに苦労したんだよ」

瓦版には、〝急報！　市中に待望の大義賊現る‼〟と見出しにあり、以下のように続い

ていた。

昨夜、神田の橋本町《はしもとちょう》の権太郎《ごんたろう》長屋各々の油障子の隙間《すきま》が光った。最初は起き出して厠《かわや》へと用を足しに行こうとした者が気がつき、光と見えたのは小判であることがわかった。思わず驚きの声を挙げた。ほどなくそうした声が長屋中で沸き上がった。何と長屋中の油障子にくまなく小判二枚が挟まっていたのである。小判には以下のような文言が添えられていた。

疾風小僧翔太《はやてこぞうしょうた》

女房を質に入れずに初鰹《はつがつお》

お上によれば疾風小僧翔太は上方に根城があり、北から南まで余すところなく行き来している大義賊である。人を殺《あや》めたことは一度も無く、忍術でも使ったかのように富者の蔵から金子《きんす》を持ち去る。

なぜか今まで江戸に現れることがなかったが、現れてみると気前のいい義賊っぷりである。もちろん、金二両は初鰹を堪能《たんのう》しても余りある。

ちなみに初鰹は大事な女房を質に入れても食べたい初物の筆頭であった。

「いいなあ、それに格好いいっ」

三吉は羨《うらや》ましげなため息をついて、

「疾風小僧翔太、おいらんとこにも来てほしいよ」

「おまえの気持ちはわかるが、疾風小僧翔太が盗《ぬす》っ人《と》であることに変わりはない」

季蔵は表情を固くした。

――お奉行様は先を越されてさぞかし口惜《くや》しい想《おも》いをされていることだろう――

「でも、人は殺さないっていうんだからさ」

「さて、わかっている証《あかし》がないだけかもしれないぞ」

季蔵は頑として同調しなかったが、

「何より、金持ちから盗んだ金を困っている連中にばらまくっていうのがいいよ、凄《すご》いっ。おいら、憧《あこが》れちゃうよ」

熱にでも浮かされているかのような三吉は聞く耳を持たなかった。

そのせいもあって、気もそぞろの三吉はいつになく、包丁の使い方を誤って指を切ったりしたので、

「おまえの指の血が混じっては味に関《かか》わるから、わたしが代わる」

仕込みは季蔵が全部こなした。

――店に来るお客様方の耳にもこの話は入っていて興味津々《しんしん》なはず。この分では、三吉まで話に加わって、盛り上がりかねず、どんな騒ぎになることになるか――

いつになく、三吉のはしゃぎぶりにわだかまりを覚えた季蔵は、

「水仕事をしていると血がなかなか止まらない。今日は早く帰って休め」

そう諭《さと》して、暖簾《のれん》を掛ける前に帰した。

烏谷《からすだに》に雇われた隠れ者である季蔵は、無意識の裡《うち》にお上の方に身を置いていた。

――断じて盗みを許してはならない――

暮れ六ツ（午後六時頃）の鐘が鳴り始めるとすぐ、

「邪魔をする」

烏谷が戸口に立った。

――やはり、いらっしゃった――

用向きは疾風小僧翔太の一件だと見当がついている。

「今日は三吉を早く帰しましたので、お客様のお相手はわたしだけでいたさねばなりません。店の暖簾を下ろすまで離れでお待ちいただけませんか」

丁寧に頼むと、

「わかった。それでは酒と料理を運んで放《ほう》っておいてくれ。しばし眠ることにする。ここのところ、眠りが足らぬゆえか、とかく眠くなる春のせいなのか、眠くてかなわぬのだ。布団の在処《ありか》は知っているから案じずともよい。腹が空《す》いている。早く料理を運んでほしい。客がいなくなったら、わしがぐっすり寝込んでいてもかまわぬ、声をかけて叩《たた》き起こしてくれ。ああ、案内は要らぬぞ」

勝手知ったる塩梅屋《あんばいや》の裏手にある離れへと歩いて行った。

季蔵が離れに膳《ぜん》を運び終えてほどなく、馴染《なじ》み客の履物屋の隠居喜平《きへい》と大工の辰吉《たつきち》、指物師《さしものし》の勝二《かつじ》が一緒に暖簾を潜《くぐ》った。

「これは皆さん、珍しくお揃《そろ》いで」

季蔵は勝二の方を見ていた。

この三人は先代の頃《ころ》からの古い馴染み客である。何年か前までは、三人揃って訪れて、親しさが過ぎるのか、酒が入ると喧嘩《けんか》になる喜平と辰吉を宥《なだ》めるのが一番若い勝二の役目だった。

そんな勝二が訪れなくなったのは、指物師で舅《しゅうと》の親方が突然亡くなり、まだまだ技が未熟な勝二の背に、女房と子どもの暮らしがずっしりと重くのしかかってきたからだった。

こうなっては以前のように、たとえ塩梅屋のような一膳飯屋《いちぜんめしや》であっても、外で飲み食いする余裕が勝二にあろうはずもなかった。

女房と舅が組んで婿《むこ》の自分をないがしろにしている、種馬扱いが酷《ひど》いというのが、舅が生きていた頃の勝二の憤懣《ふんまん》だった。しかし、今となっては、それが理由《わけ》で塩梅屋通いをしていたことなど、ただの贅沢《ぜいたく》な我《わ》が儘《まま》だったと勝二は思い知っていた。

細かな技で勝負する指物師はかざり職人と並んで、熟達するまでの修練に時がかかるのはもちろん血の滲《にじ》むような努力も要する。

勝二の指物師としての腕は、まだまだ亡き舅の親方には遠く及ばず、箸《はし》作り等もこなしても、そこそこ妻子を飢えさせない程度にしか仕事が入らない。

「今日はうれしいことに、勝二の方からやってきてくれて、わしを誘ってくれたのさ」

白瓜《しろうり》の夏大根醤和《ひしおあ》えの後、初鰹ずし、にんにく醤油《じょうゆ》、春の夏大根醤清汁《すましじる》という品書きの豪華さに、おーっ、ほぉーっと一同が歓声を上げ、ぐいぐいと盃《さかずき》の酒が進んだところで喜色満面の喜平が洩らした。

「俺もさ、普請《ふしん》場に御隠居からの報《しら》せが来て、うれしかったよ。いつ、こういう日が来るのかって、始終思ってたからね」

辰吉も目頭を熱くしている。

「おまえさんの褞袍《どてら》自慢はもうよくよく聞き飽きたところだしな」

喜平はつい口を滑らした。

すると、とたんに辰吉の目が吊《つ》り上がった。

喜平と辰吉の間での喧嘩の元は褞袍という形容に尽きる。

嫁の昼寝姿や、下働きの若い女の腰巻きの中を覗《のぞ》こうとしていて見つかり、倅《せがれ》に隠居させられた喜平は、女の見目形にうるさい女好きであった。

一方、辰吉は大食い競べで知り合った恋女房おちえに今でもベタ惚《ぼ》れであり、おちえは痩《や》せ型の辰吉とは対照的な大女である。これを見た喜平がおちえを女ではなく、褞袍だと評したのがたいそう辰吉の気に障って、酒の勢いも手伝い、口喧嘩の末に摑《つか》みかかろうとする。

こんな悶着《もんちゃく》が塩梅屋を訪れるたびにあったが、すんでのところで殴り合いにもならず、双方、怪我《けが》もしなかったのは、〝まあまあ〟と勝二が仲裁したからであった。

勝二が抜けてからはどうなったかというと、喜平の口から褞袍という言葉は決して出ず、この手の激しいぶつかり合いは無くなった。辰吉は質《たち》の悪い風邪《かぜ》を引いて長患いした喜平を真底案じたこともあった。

――褞袍か――なつかしい禁句だな、久々に聞いた。きっと、喜平さんも辰吉さんも、今ここに、勝二さんが一緒なのがうれしくてならないのだ。あの〝まあまあ〟が聞きたいのかもしれない――

季蔵がじっと見守っていると、

「まあまあ」

勝二は昔と同じ声音で言った後、

「仕事で一花咲いたからご一緒したかったんじゃないんです。仕事は変わらず何とかなんですが、疾風小僧翔太のおかげで気持ちがすかっと晴れたんですよ。世の中、捨てたもんじゃないと思いましたね」

皺《しわ》の増えた顔を綻《ほころ》ばせた。

「そう言ったって、あんたのとこにお恵みがあったわけじゃないんだろ？」

喜平は首をかしげると、

「ええ、でも、権太郎長屋は市中に数ある長屋の中でも、店賃《たなちん》が安い代わりに、屋根が傷んで雨漏りし放題、壁は崩れかかり、ふかふかしてる畳にはげじげじが棲《す》んでるっていう、最も酷い所でしょう？　市中が雛市《ひないち》で賑《にぎ》わう雛祭りの時だって、雛人形を飾れる家なんて一軒もありません。そこにいの一番に施《ほどこ》しをした疾風小僧翔太は、いろいろな事情がよくわかってる、貧しい人たちの真の味方ですよ。理由は何であれ、盗みは捕まれば有無を言わせず死罪。それを覚悟でのこういう義賊がいてくれるっていうのは心強いものがあります。人のために命をかけられるって素晴らしい。それで、ずっと寒かった心が少しばかり温かくなった気がしました。苦しい時って、ついつい自分のことを哀れむばかりになりがちでしょ？　疾風小僧翔太はそんなわたしのいじけの虫を吹き飛ばしてくれましたよ。そうなると、久々に爽快《そうかい》にさえなった自分の気持ちを、是非とも、喜平さんや辰吉さんと分かち合いたくなったんです。女房に話したら、たまには仕事を忘れて行ってらっしゃいって、許してくれて――。名人と言われてた親方の父親に守られてて、世間知らずだったあいつも、すっかり苦労が板につきました。その分わたしにも優しくしてくれます」

勝二はやや照れたように笑った。

二

――驚いた、勝二さんがこんなに長く胸中を明かしてくれたのは初めてだ――

正直、季蔵は呆気《あっけ》に取られた。

それほど、疾風小僧翔太の出現は勝二にとって胸を打つ、大きな出来事だったことになる。

「御隠居のところではどうでした？」

季蔵は喜平がどう思っているか知りたかった。

――喜平さんの桐屋《きりや》は表通りにあり、老舗《しにせ》の部類に入る。代々腕がいいので名が知れた履物屋で、特別な大福帳を鍵《かぎ》のかかる箱から出し入れするのが主《あるじ》の日課だと聞いているから、かなりの上客を相手にしているはずだ――

「あんまり面白くないなあ」

喜平は仏頂面になった。

「まさか、あの程度の店で疾風小僧翔太に狙《ねら》われるんじゃねえかって、案じたわけじゃああるめえ。だとしたらとんだ茶番だぜ」

盃を手放さない辰吉の目はますます据《す》わってきている。

「それが、そのまさかでね。倅と嫁などすっかり顔色を無くしちまってて、建てたばかりの蔵の鍵をね、疾風小僧翔太に狙われかねないから、離れのわしの隠居所に隠しといてくれなんて頼みにきたんだよ。〝おまえら、よっぽど稼いでるんだろう〟って水を向けると、いい女の出入りがあんまりないせいでわしも薄々気づいてたが、一年前から、頻繁に寄ってくるが、あれこれとうるさい注文をつけた挙げ句、代金を値切ったり、踏み倒すことだってある、いい女だが性悪な女たちの下駄は引き受けないことにして、大店《おおだな》の家族には、よちよち歩きの赤ん坊の草履まで拵《こしら》えてるんだと言うんだ。大店の主の家族たちは鷹揚《おうよう》そのものだから、踏み倒すこともある性悪女たちとは違うんだとさ。件《くだん》の女たちと縁切りして以来、何もかも順風満帆だと二人揃って抜かしよった」

「たしかに色街の綺麗《きれい》どころが女将《おかみ》におさまっている料理屋などでは、箸一つにもあれこれ拘《こだわ》りをおっしゃいます。一夜を明かす男女が目覚めた後、支度に使う房楊枝《ふさようじ》にまで細かな注文がつく廓《くるわ》もあります。これらを叶《かな》えるのもまた商いの裡なのですが、たしかに大変すぎるので、息子さん夫婦のお気持ちはよくわかります」

勝二は真顔で相づちを打った。

「気に入らないな。お客さんにあれこれうるさいことを言われるから、ああでもない、こうでもないとうんと悩んで、精進して腕を上げてくんじゃないのかい?」

喜平は季蔵の方を見た。

「その通りだと思います。息子さん夫婦にそうおっしゃいましたか? 喜平さんの息子さんも履物作りでは市中に聞こえた方ですから、お父さんの気概に得心されたのでは?」

「ところが、あの連中、またしてもあれを持ち出してきたんだ」

喜平はこの時切なげに洟《はな》を啜《すす》って、

「前のことをそんなに根に持たれてもなあ」

項垂《うなだ》れてしまった。

「いい女と見たら放っておけない、助平心も抑えきれない、あんた一流の悪い女癖かい?」

辰吉はずばりと言った。

無言の喜平はようやっと涙を堪《こら》えている様子で、顔を上げずにいた。

「そのうちわかります」

勝二はきっぱりと言い切って先を続けた。

「わたしも今では、昔言われた時わからなかった親方の言葉が日々、身に染みてますから。指物師の真の技は巧みなだけではなく、さまざまな出会いや見聞による、目に見えない艶《つや》に導かれて磨かれると親方は言っていました。だから、わたしがここへ通ってくる道楽を続けてても、親方は娘に文句一つ言わせなかったんでしょう。今になって女房は、〝こんなこと親不孝だけれど、おとっつぁんが死んでくれててよかったと思うことが一つだけあるのよ。――酒盛りはそこそこにして、喜平さんに弟子入りしたらどうか――なんてあんたのこと言い出しかねなかったもん、あのおとっつぁんは〟なんて言って、胸を撫《な》で下ろしてますけどね――」

「履物作りも同じだと思います。必ず、息子さんにもわかる時がきますよ」

季蔵が頷《うなず》くと突然、

「あんたの倅は、下駄名人で聞こえた喜平の店を継いで、ようはあんたの名を看板に割りのいい商売して、蔵を建てられるほど太ったんだろう?」

辰吉が大声を張り上げた。

「それは間違いありません」

勝二が頷いた。

辰吉はぐいぐい盃を空けて、

「もっとくわしく言やあ、無類の女狂い、助平の真骨頂が喜平の名人下駄ってわけなんだろ。だったら、あんた、倅夫婦のことでめそめそするこたぁねえぜ。たとえ死ぬか生きるかの病に罹《かか》ったからったって、年寄り臭《くさ》く若い奴《やつ》らに負けてることはねえ。あんたらしくないよ。今後も気を強く持つことだよ。まずは顔上げて、俺がぶん殴りたくなった時のあんたの元気、取り戻してくれよな。褞袍なんていう見え透いた言葉だけじゃ、俺もやる気になんねえんだから」

顔を上げた喜平に向かってにこにこと笑いかけた。常になく、細めた目まで笑っている。対していた喜平の顔にもふわふわと明るい笑いが戻った。

――やれやれ、疾風小僧翔太の一件が家族の深いところまで飛び火していたとは――

「それとなあ、さっき言った通り、残念だけどやっぱしあんたの下駄屋ぐらいじゃ、疾風小僧翔太は盗みに入らねえだろうと思うぜ。小耳に挟んだ話じゃ、狙うのは千両箱からだっていうから。だから蔵の鍵を預かるのは止《よ》しときな。騙《かた》りの疾風小僧が狙わないとも限らないし、それがなくても、しまっといたのになくなったとか、後で何か起きた時、倅たちと揉《も》めてめんどうだ」

この辰吉の言葉に喜平は、

「そいつは即刻断った。わしも、もういい加減惚《ほう》けてきてるから、いい女を見たら、見境なしに蔵の中の銭を取り、渡しちまうかもしれない。そんな大事なことは引き受けられんと言ってね」

にやりと笑って自分なりに一矢報いた話を告げた。

「辰吉さんのところでは、疾風小僧翔太はどうでした？」

季蔵は辰吉にも話を向けた。

「普請場には若い馬鹿がいてね、疾風小僧翔太は屋根の上も疾風のごとく走れるらしいって話を、どっからか聞いてきて、真似《まね》して屋根から落ちて大怪我をした。疾風小僧翔太だって人なんだろうから、そんなことできるわけねえだろうが――。それがあってから、仕事場で疾風小僧翔太の話をするのは一切止《や》めさせた。それでも、休み時には皆、ああも聞いた、こうも聞いたってもう大騒ぎだ。瓦版屋が虱潰《しらみつぶ》しに調べて、あることないこと書いて、朝から晩まで町中で次々に新しい話で売ってるらしいが、これが笑いの止まらないほどの売れ行きだそうだ」

「家での疾風小僧翔太は？」

これは勝二が訊《き》いた。

「一言でいやあ、おちえも子どもたちも夢中だよ。おちえの話じゃ、すぐに奉行所の役人が来て、取り止めにさせられたんだそうだが、疾風小僧翔太らしき義賊が主役を張った、旋風《つむじ》小僧清太《こぞうせいた》ってえのが芝居になったんだそうだ。不思議なことにこの戯作《げさく》は誰《だれ》ともわかんねえ奴が、使いを頼んで、中村座《なかむらざ》の座長に届けさせたものだったんだと。ところが、これが抱腹絶倒の面白さ、義賊話はお上のお咎《とが》めに遭《あ》うかもしれないとわかっていても、座長は舞台にかけずにはいられなかった。始まって二日目には取り止めになったその舞台をおちえは観《み》たんだ。〝あればかしは役者じゃない、疾風小僧翔太らしき旋風小僧清太の素敵さが骨頂よ〟って、その時からもう疾風小僧翔太に夢心地よ。子どもらが〝凄い、格好いい〟と言やあ、おちえまでいい年齢《とし》をして、〝凄い、格好いい〟なんだから。俺も三度に一度は、〝凄い、格好いい〟って言わねえと怒られちまう。だから渋々言うよ、小声でな。とはいえ、まあ屋根から落ちるわけでもねえし、好きなようにさせてるが、うっかり岡《おか》っ引《ぴ》きの親分連中や八丁堀の旦那たちに聞かれちまったら困るし、家の外では決して疾風小僧翔太の話はするなときつく言ってある」

辰吉は困惑の混じった、父親としての威厳を示しつつ話を締め括《くく》り、

「子どもはとかくこの手合いに対して、判官義経《よしつね》並みに憧れるものでしょうね」

季蔵は相づちの代わりに言い添えた。

——三吉も同じだな。三吉が加わって興奮しすぎるのを懸念《けねん》したのだが、たとえここに居なくても、どこかで、おちえさんと子どもさんたちのように、疾風小僧翔太の話をして盛り上がっていることだろう。例えるなら、上流の渓谷から流れ始めた水、その勢いは決して止められない——

この時季蔵は初めて三吉と自分の間の距離を感じた。

——これは当分、疾風小僧翔太が江戸に居座る間は縮まらないだろう。おそらく三吉だけではなく——

帰り際、喜平と辰吉は、

「一つ、言い忘れておったぞ。自分の家の恥ばかり話したが、わしも勝二と同じで、疾風小僧翔太はこのせちがらい世を照らす一筋の光だと思っている」

「そうだよ。特に〝女房を質に入れずに初鰹〟なんてさ、粋《いき》で温かい句まで詠《よ》みやがるのは憎いねえ。本当は子どもたちにも外での口止めはしたくない。だって、あいつはいいことをしているんだからさ、いったい、どこが悪いんだ？　なあ」

各々疾風小僧翔太を讃《たた》え、勝二の左右の肩にそれぞれ手を載せた。

三

「どうか、お気をつけてお帰りください」

季蔵の挨拶《あいさつ》に、

「なに、出てくるったって、疾風小僧翔太なら心配ないよ」

ほろ酔い加減の喜平は応《こた》え、

「むしろ百人力ですよね」

もはや信奉者に近い勝二が相づちを打つと、

「おちえや子たちは疾風小僧翔太に会ってみてえなんて言ってるが、実は俺もなんだよ。夜道が楽しみだ」

辰吉は愉快そうに洩らした。

「そりゃあ、わしもさ」

「わたしだって――」

喜平と勝二も同調して歩き始めたが、ふいに喜平が、

「疾風小僧翔太が塩梅屋に来たら、わしに報せてくれよな」

振り返って季蔵に片目をつぶってみせた。

「そうだな、疾風小僧翔太はここの料理に千両の値をつけるかもしんねえしな。そんな時は御隠居にだけ報せるのはなしだよ」

「絶対わたしにも報せてください。疾風小僧翔太に会えるなら、何を置いても飛んできます」

辰吉と勝二も意外なほど真顔で告げた。

「もちろん、おっしゃるようにいたします」

そう応えて三人を見送った季蔵は暖簾を店の中にしまい、掛行灯《かけあんどん》の火を落とすと、勝手口から離れへと向かった。

自ら言っていた通り、勝手知ったるなんとかで、押し入れから夜着を取り出した烏谷は、座敷の畳の上で大鼾《おおいびき》を掻《か》いていた。

初鰹ずしのにんにく醤油添えと白瓜の夏大根醤和え、春の夏大根醤清汁を盛りつけた皿小鉢は空になっていて、幾盃も重ねたのだろう、座敷の中は酒の熟柿臭《じゆくしくさ》い匂いが籠《こ》もっている。

叩き起こしてくれと本人は言ったが、こうなると烏谷は手強《てごわ》く、なかなか目を覚まさないことを季蔵は知っている。

――この方の全身がここは危なくない場所だと安心しきってしまっているので、こちらが大声を上げたり、肩を揺すったぐらいでは目は覚まさない。まさか、お奉行様の顔に水をかけるわけにはいかないから、これはもう、あの手しかないな――

こんな時、烏谷の内妻であるお涼は烏谷を起こすために簡単にできる葛煉《くずねり》を拵える。

――お奉行様に起きてもらうには、よく利く鼻を起こすためのおめざ菓子が要る――

葛煉は葛粉《くずこ》と白砂糖、水を加えて小鍋《こなべ》で七輪の火にかけてよく煉《ね》り上げた後、杓子《しゃくし》ですくって椀《わん》に盛り、黄粉《きなこ》をかけて食する。

この葛煉は烏谷の幼い頃からの大好物であった。

「生家の暮らしぶりでは、甘い菓子はなかなか口に入らなんでな。葛煉が腹いっぱい食える夢をよく見た、喉《のど》から手ではなく、腹から胃の腑《ふ》が飛び出すほどいつでもどこでも、始終食いたかった」

などとも烏谷は話している。

――冬場は身体《からだ》が温まるのでお涼さんはそのまま供していたが、夏場となると、葛煉の盛られた椀を盥《たらい》に張った井戸水で冷やしている。はて、どちらにしたものか、今の時季は微妙だ――

迷った挙げ句、季蔵は時季と関わりのないカルメイラをこれに代えることにした。

カルメイラは南蛮《なんばん》菓子の一つである。季蔵の元主家の先代で長崎奉行だった鷲尾《わしお》影親《かげちか》と、今は出家して瑞千院《ずいせんいん》となった正室千佳《ちか》は、タルタ（タルト）やクウク（クッキー）同様に、このカルメイラを好んだ。

「タルタやクウクなどと違って、簡単にできるのもよいところです。茶室で殿と向かい合い、ささっとわたしが作ってさしあげられるのもうれしいものでした」

いつだったか、瑞千院はそんななつかしい夫婦円満の思い出話と共に、季蔵にこの菓子の作り方を教えてくれた。

季蔵は鼾を聞きながら、このカルメイラを作りはじめた。

まずは七輪に火を熾《おこ》す。そこへ火が直に当たらないような仕掛を置く。これも季蔵が瑞千院から教えられた物で、隙間のある真鍮《しんちゅう》の細くかなり長い棒が七輪の丸い口の周囲に立ち上がっていて、上には丸い餅網《もちあみ》が載せられている。

カルメイラ作りの胆《きも》はとにかく火加減で、まずは白砂糖と卵白と水を合わせて白砂糖が溶けるまでごく遠火で煮る。この後、細かな目の篩《ふるい》でこし、これをやはりごく遠火で長く煮詰めていく。この時、火が直に当たると熱で卵白が固まってしまい、カルメイラにはならない。

焦げ色と紙一重の薄い茶色になってくると、匙《さじ》ですくって、そばに置いてある鉢の水に放ってみる。薄く引き伸びてはりはりと折れたら、鍋を火から下ろす。

当たり棒を用いて当たり、泡だってきたら、上に布をかけておく。冷めて様子が軽石のようになってしばらくしたところで、鍋の中のカルメイラを好みの形に切って供する。

「よい匂いがするな」

烏谷は鍋の中身が色づいてきたところでぱっちりと目を覚ました。

「お目覚めですね」

季蔵は濃い煎茶《せんちゃ》を淹《い》れて、小包丁の切っ先でほぼ桜の形に切り取ったカルメイラを菓子盆に盛りつけた。

「こういうものはいくらでも腹に納まる」

烏谷は何杯か茶の替わりを頼みつつ、菓子盆のカルメイラを堪能した。

「おおかた今宵の客たちは、さぞかし疾風小僧翔太の話で盛り上がっていたことであろうな」

烏谷はふんと鼻を鳴らした。

「ご明察の通りです」

季蔵はもちろん誰とは言わず、喜平たちの話をごくかいつまんで話した。

「疾風小僧翔太の一件が家の中にまで浅からず入り込んでいるとはな。今をときめく役者衆でも、とてもこうはいくまいよ。役者衆に熱を上げるのは女子《おなご》たちだけだが、疾風小僧翔太は幅広く、世の男たちをも取り込みかけている」

烏谷は季蔵が予期していたような仏頂面にはならなかった。

「わはははは、面白い、面白いぞ」

大声で笑ってはみせたがその目は、敵でもそこにいるかのようにかっと見開かれている。

「疾風小僧翔太が盗みに入った先をお教えいただけませんか？」

季蔵は訊かずにはいられなかった。

「法眼《ほうげん》の稲村広海《いなむらこうかい》だ」

「身分の高いお医者ではありませんか？」

「病を癒《いや》す医者とて、その相手が金子を惜しまぬとなれば、千両箱がうなる立派な蔵も建とうというものよ。稲村広海が元値を叩いて仕入れた薬に、どれだけ乗せて患者に売るかは仲間うちでも評判だった。それと薬というものには、毒と紙一重の強すぎる効き目のものもある。まあ、滋養強壮の薬などは高値なだけでこれといった害はなさそうだが、病に罹っている者に強すぎる効き目の薬を与えるとかえって苦しませたり、命を落とさせることもあるはずだ。稲村広海があれほどの金を我が物にしたのは、患者のことは全く考えず、豪奢《ごうしゃ》な高値の着物でも売るかのように、金持ちたちやその家族たちを診ていたからだ。幾つも掛け持ちで大名家や大身《たいしん》の旗本の御典医も務めていて、それらのお家ではなぜかご壮健この上なかった殿様や家長が若死にしたり、夜眠った跡継ぎの若君が朝を迎えられなかったりしていた。稲村の蔵の千両箱には、密《ひそ》かに葬られたお命の無念さえ宿っていたかもしれぬな」

——そこまでの悪徳医者だったとは——

絶句した季蔵を、

「そちまで、疾風小僧翔太を悪く思っていない顔をしておるぞ」

烏谷はじっと見据えた。

「稲村広海はこの先も医業、いや悪行を続けるのでしょうか？」

――稲村は盗みに入られた側で咎は犯していない――

「そちは稲村にこそ裁きがあってほしいようだな。実をいうと、この稲村もまた、人買いの親玉である遠田屋近兵衛《えんだやきんべえ》同様、わしがそちに、いつか内偵を命じたかった相手なのだ」

「いつか――ですか」

「そちの身体は一つ、悪い順にしかできぬであろう」

――この市中にはきっと、はかりしれない数の悪党が、そしらぬ顔で我が世の春を謳歌《おうか》しているのだろう――

季蔵は猛然と腹が立ってきて、悪の元締として、厳然と君臨していた虎翁《とらおう》が没した時の烏谷の言葉を思い出していた。

季蔵はあの時のことに触れた。

「あの時、お奉行様が、〝闇《やみ》はますます深くなる〟とおっしゃって、虎翁によって何とか保たれていた悪の秩序が崩れ去って、闇に閉ざされたかのようになることを憂えておられたことを思い出しました」

「まさにその通りになってきている。疾風小僧翔太はそれを見かねたのかもしれぬな」

「でも、稲村広海は今のままなのでしょう？」

た。

季蔵は稲村の悪行が断じて許しがたかった。

「疾風小僧翔太め、こんなものをわしに届けてきおった」

烏谷は袖《そで》の中にしまっていた文を季蔵に投げて寄越した。その文には以下のようにあっ

稲村広海の悪行が詰まった千両箱、有り難く頂戴《ちょうだい》いたしました。これからおいおい窮している江戸の人たちに配るつもりですが、残りの金子は今年は昨年に引き続き、天候が不順で作物の育ちがよくないので、米などの食べ物に換えて特に奥州に手厚くしたいと思っています。

千両箱とは別に悪徳医者稲村広海の行状、金の入りがつぶさに書かれている、診たて録を見つけましたのでお届けいたします。

風流好きな南町奉行の吉川《よしかわ》様にお届けすることも考えました。けれども、吉川様はおそらく、興味を持たれないどころか、疾風小僧翔太よりの届け物とあって、奥方様ともども目を回されるか、寝ついて起き上がれなくなってしまわれるでしょう。疾風小僧翔太の舞台、楽しんでいただけなくてはお気の毒です。

診たて録の件、どうか、面白がってくださいます様――。

疾風小僧翔太

北町奉行烏谷椋十郎《りょうじゅうろう》様

四

「疾風小僧翔太からの肝心な届け物は？」

季蔵の目は知らずと烏谷の懐《ふところ》と両袖を見つめていた。

「ここには無い」

「わたしにはお見せいただけないのですね」

思わず不満そうな物言いになった。

「そちに限らず、誰にも見せることはできない。もちろん吟味方にもだ」

「なぜです？」

季蔵は詰問していた。

「患者各々が払った薬礼（診療代）が記されていた。もちろんどれも高額だ」

「稲村広海が賄賂《わいろ》を渡した記述もあったはずです」

「その通りだ」

「でしたら、これは稲村広海の悪行を白日の元に曝《さら》すことのできる証ではありませんか？」

「たしかに。しかしな、上様の御側用人《おそばようにん》様まで稲村から、並みの物より効き目のあるとされている、高いチョウセンニンジンを、虚弱な若君様のために買っているとなると、それはできぬことになる。疾風小僧翔太もそれは知っておるはずだ」

烏谷は唇を真一文字に引き結んだ。

「知っていて、なにゆえ、疾風小僧翔太はお奉行様に届けてきたのです？」

「わしに面白がってほしいとこの文に書いてきたが、あやつの方がわしらの体たらくは大笑いものだ、と揶揄《やゆ》しているのだ。だが、この烏谷椋十郎、断じてこのまま揶揄されっぱなしではおらぬぞ」

烏谷が口よりも大きく両目を剝《む》くと、めらめらと炎のように燃え上がっている気焰《きえん》で、この場が焼き尽くされそうだった。

――何と、お奉行様が疾風小僧翔太に試されているのだ――

季蔵の心の中を察した烏谷は、

「今に見ておれ」

雄叫《おたけ》びのような大声を放って立ち上がりかけて、

「あれを出せ」

有無を言わせず季蔵に命じた。

「あれと申しますと――」

「最上の牡丹《ぼたん》ずしよ。そちのことゆえ、もうできているはずだ」

「でも、奉公人の数の普通の品と一緒に、遠田屋近兵衛様に十両で供させていただくものです」

「わしがこれからしようとしていることはな、そちに最上の牡丹ずしを只《ただ》で食わしてもらって然《しか》るべきことなのだ」

烏谷は目からだけではなく、口からも火を噴いているような熱さで迫った。

「わしを信じよ」

「わかりました。ただし、時がかかります。お待ちください」

店に戻った季蔵は飯を炊《た》き、完全に血抜きして、まる一日、三吉が揃えてきた最高のもので拵えた漬け込みダレに漬け込んであったウリボウ肉を引き上げると、石窯《いしがま》に火を熾して焼き始めた。

酢飯を握り、焼き上がったウリボウ肉を削ぎ切りにして載せる。そこまでは漬け込みダレに使うものを吟味している以外、全く、普通の牡丹ずしと変わらない。

季蔵はこの牡丹ずしの皿が載った膳を、諸国の料理に通じた篠原裕一郎から貰《もら》い受けた、肉醤《ししびしお》入りの容《い》れ物《もの》を添えて烏谷の前に置いた。

「何だ、旨《うま》いは旨いがいつもの牡丹ずしではないか」

鼻を鳴らしかけた烏谷を、

「その容れ物の中の汁を二、三滴、つつっとおかけになって召し上がってみてください」

季蔵は促した。

「その前に普通に見えるこいつを食してみておく」

烏谷は牡丹ずしを一つ摘まんで頬張った。

「ん？　少し味が薄くないか？　あ、悪くない。じんわりと後から舌に旨味が広がる、上品なコクだな」

「漬け込みダレに使う酢や酒、醬油等から牛の乳に到《いた》るまで、最高のものを買い求めました。後があるので塩は控えました」

季蔵は肉醬の入った容れ物を見つめた。

「よし、これだな」

烏谷は蓋《ふた》を取って、

「全部はまだかけんぞ、これが禍《わざわい》して不味《まず》くでもなったら、また鳴き始めてきた腹の虫に文句を言われてしまうゆえな」

そおーっと容れ物を傾け、慎重に中の汁を牡丹ずしの一つにかけると、

「最上であろうがなかろうが、牡丹ずしは牡丹ずしであろうぞ」

ぽいと口の中に入れた。

「おおっ」

ごくりと吞《の》み込んだ後、烏谷は歓喜の呻《うめ》き声を上げた。

「こんな旨い肉、いや肉のすしがこの世にあるとは——。これか、これが旨さの秘訣《ひけつ》なのだな」

烏谷は肉醬の容れ物をひしと胸に抱きしめた。

「申しわけありませんが、塩を控えた残りの牡丹ずしは赤穂《あこう》の塩を振りかけて召し上がってください。肉醬ほどではありませんが、美味なはずです。それはお返しくださらないと。遠田屋様とのお約束がございましょう?」

差し出した季蔵の手に、

「そうであったな」

烏谷は渋々、容れ物を渡すと、

「しかし、そち、よくもこのような旨味を作ることができたな。この得《え》も言われぬ旨味の正体は何なのだ？　うちで作れるものなら作らせてみたい」

早速訊いてきた。

「それは——」

季蔵が作り方を話すと、

「うーん、いい汁の素になるとはいえ猪《いのしし》のはらわたか——」

烏谷は考え込んだ。

「それはちとお涼《りょう》には酷な仕込みよな。うちではせいぜい、マグロの漬けまでがいいところだ」

マグロの漬けは刺身にしたマグロを醬油に漬けて置き、そのまま肴《さかな》にするか、飯の上にタレと一緒に載せて、もみ海苔《のり》や刻み葱《ねぎ》の薬味で食する、残った刺身の保存料理であった。屋台のすし屋ではこれを、握ったすし飯に載せて客にだすこともある。

「マグロの漬けは臭みこそ抜けているが、ようは醬油の味ばかりだ。そう美味いものではない。そうだ、お涼には初鰹をにんにく醬油で食わしてもらうことにしよう」

すでにもうこの時には、肉醬の話はどこかへ飛んで行ってしまっている。目まぐるしく考えや感情を、瞬時に整理、淘汰《とうた》、転換できるのが烏谷の真骨頂の一つでもあった。

「ところでそち、肉醬なるものが牡丹ずしを最上に変えると、どうして閃《ひらめ》いたのだ？」

烏谷は興味津々である。時に、また話が元に戻って捻られることもあった。

「それは初鰹の食べ方について腐心してのことです。一緒に膳にあった白瓜の和え物と、独活《うど》や菜の花、桜の塩漬けを使った汁には、夏大根の醬を使っております」

そこで季蔵はまずは、草醬である夏大根の醬について説明した。

「ですので、初鰹と共に食する和え物や汁には、草醬とはいえ、夏大根の醬の力強い旨味が詰まっています」

「そういえば、言い忘れたが初鰹ずしを主菜に据えた今日の膳はなかなかのものであったぞ。常の白瓜や独活を使った小鉢や汁よりずっと深みとコクが勝って美味かった。なるほど青物でも醬ができるのだな。しかし、草醬使いから牡丹ずしに肉醬をかける案は、どこをどう通って出てきた思いつきなのか？」

烏谷は首をかしげた。

「せっかく、長いつきあいのある漁師さんの厚意で仕入れられた貴重な初鰹です。夏大根の醬入りの和え物や汁に引けをとらないようにするには、どうしたらいいかと悩みました。思いついたのが、従来の優しい蓼酢《たでず》や生姜汁《しょうがじる》ではなく、下ろしたにんにくと醬油を合わせた強くて濃いつけダレだったのです。これが鰹の風味を消すどころか、生かしているのには愁眉《しゅうび》が開けました。くどい味にもなっていません。この事実に感動しました」

「とはいえ、初鰹のタレはにんにく醤油で、いつだったか、久保田《くぼた》藩の江戸家老に招かれてお国自慢の鍋でもてなされ、正直閉口した時のしょっつるではないぞ。江戸家老はしょっつるは魚醤《うおびしお》だと言っていた。初鰹にしょっつるのタレなどつけたら、臭くて臭くて食べられたものではなかろう。なにゆえ、最上の牡丹ずしは肉醤で、初鰹ずしはにんにく醤油なのだ？　ここいらが得心できぬ」

烏谷は理路整然と追及してきた。

「飯に肉醤を振りかけて食べてみて、想像を絶する旨さであることはわかっていました。飯に肉醤は合うのです。気掛かりは充分に下ごしらえをして石窯で焼いた柔らかなウリボウ肉と、猪から作られた肉醤との相性でした。試す前に、夜を徹して、ここ離れの納戸に積み上げてある、先代が遺した料理書を漁《あさ》りました。今から三百年以上前の擦《す》り切れた古書に、〝獣類の猪、鹿《しか》、羚羊《かもしか》、熊《くま》、兎《うさぎ》、狸《たぬき》、獺《かわうそ》の中でもっとも美味き肉醤ができるのは猪のものである。これを猪以外の獣類の干し肉に振りかけてさえも旨さが増す〟と書かれたものがありました。猪の肉醤でどんな獣肉も美味くなるならば、それを振りかけた猪の肉は最高に旨いはずだとはっきり分かったのです。試してみましたがまさに思った通りでした」

季蔵が苦労の程を明かした。

するとと烏谷は、

「ならば、もう一口だけ、その最高、最上を味わわせてくれ」

季蔵の手から肉醤の容れ物を取り上げ、やはり、そおーっと少量牡丹ずしの一つに振りかけてゆっくりと食した。

その後、わざとうおーっと奇声をあげて、

「今ここで、古来の美味き肉醤により格別の力を得た。わしは負けぬ。お上を愚弄《ぐろう》する疾風小僧翔太にも、この世に限りなく蔓延《はびこ》り続ける悪にもな。これからは実にさまざまなことが起きる。そちはどんなことがあっても、わしを信じてもらいたい、よいな」

「はい」

季蔵を無理やり頷かせた。

五

それから五日が過ぎて、牡丹ずしをもとめる行列が竹皮の包みを手にして市中に散って行った後、

「邪魔するぜ」

聞き覚えのある声がした。

岡っ引きの松次《まつじ》が北町奉行所定町廻《じょうまちまわ》り同心田端宗太郎《たばたそうたろう》と共に訪れた。

「ご用意してございます」

昨日、松次からの使いが、〝昼過ぎて店が落ち着く頃、田端様とご一緒に立ち寄るゆえ、よろしく〟と告げに来ていた。

烏谷とは異なり、一休みするのが目的であるこの二人に、前もって訪れを示されたことなど無かったが、

「どうしても人気の牡丹ずしを食べたいってことなんじゃない？」

三吉の言葉になるほどと季蔵は合点した。

季蔵は船の帆が描かれた涼しげな長四角の皿二皿に牡丹ずしを並べて出した。

三吉は素早く、大酒飲みの田端には湯呑みに並々と注《つ》いだ冷や酒を、下戸《げこ》の松次には温かい甘酒を運ぶ。

普通甘酒や麦湯はどこの家でも店でも、時季を通して温かいものが供される。

「俺は伊達《だて》に下戸なんじゃねえぞ。食い物に目がなくてうるさいのはその証だ」

女房に早くに死に別れ、男手一つで娘を育て上げ、遠くへ縁づかせた松次は、ずっと独り暮らし、滅多に外では食べない、買わない、手ずからの料理で一人膳を続けている。料理書をこつこつと買い集めて一人膳を工夫してきた松次にとって、塩梅屋は唯一と言っていい外食であった。

「ま、俺たちはお役目があるからな、行列には並べねえのよ」

取り置かれた牡丹ずしの礼を言う代わりに一言言い訳を口にしてから、松次は箸を取った。

直《じか》に本人に言ったことこそないが、松次は優雅な箸使いをする。もっとも、いつだったか、季蔵があまりじっと見つめていたのに気がついて、

「俺りゃぁさ、何を見るのが嫌かってぇと犬食いが嫌なんだよ。ありゃあ、腹が空いてりゃ、無理もねぇってこともあるんだろうけど、そうでもねえのにやってる奴、結構多いのさ。育ちってこともあるだろうけど、俺は心根だと思うね。食い物を口にできるのは、お百姓とか、漁師や山に住む鉄砲撃ち、いろんな人たちのおかげなんだから、有り難えって気持ちを持たないと。それと米や青物を食ってる時はぴんと来ないけど、卵や鶏なんかだとなるほどと思う、命を頂いてるんだってぇこと。このあたりがわかってたら、とても犬食いなんてできねえ」

松次はふと洩らしたことがあった。

「お役目、ご苦労様でした」

季蔵は田端と松次に向かって頭《こうべ》を垂れた。

「今日はお役目と言えるようなもんじゃねえんだが——」

いつもと変わらず松次が口を開いて、何杯目かの甘酒をぐいと飲み干して、田端に相づちをもとめた。これは自分たちが関わったか、関わっている市中の事件について、季蔵に話してもいいかという打診でもあった。

季蔵は松次たちが苦戦している事件に偶然関わって解決に導いて以来、何かと頼りにされてきている。時には人が死んでいる現場だけではなく、番屋にも行って、奉行所付きの骸検《むくろあらた》めの医者が、見落とした死の因《もと》を指摘することもあった。

「いや、あれは立派なお役目だった」

寡黙な田端は言葉少なに応えた。

「けど、旦那、家の前に突っ立ってて人を寄せず、中から出さずのけちな見張り番ですぜ」

松次は愚痴混じりに、

「北町にこの男ありと言われてる田端の旦那《だんな》があっしと二人掛かりで、夜も昼もただの見張り、これが何日も続いた――。ま、こちとら、鼠《ねずみ》一匹だって見逃しやしねえけどね」

甘酒の自棄《やけ》飲《の》みで言い募った。

すると田端は突然、

「帰る」

毅然《きぜん》として言い放つと、瘦身長軀《そうしんちょうく》をすっくと床几《しょうぎ》から立ち上げ、

「それでは今すぐ」

慌てて季蔵と三吉は二人の皿の牡丹ずしを竹皮に包んで各々に渡した。

帰り際、松次は季蔵の耳に口を寄せて、

「気忙《きぜわ》しい想いをさせちまってすまねえな。ほんとは、昨日、田端の旦那が祝いをしようって言い出して、ここに来ることにしてたんだ。なのに俺の言葉がちょいと過ぎちまったようだ。年齢のせいか、抑えきれねえその場の気持ちが、涎《よだれ》みてえに、だらだらっと口から流れちまうのよ。牡丹ずし、後で有り難く食べさせてもらうよ。それから、何のための祝いだったかは、そのうち瓦版が教えてくれるから、楽しみにしてな」

早口で囁《ささや》くと、

「旦那ぁ、待ってくださいよぉう」

戸口を抜けて小走りに追いかけて行った。

翌々日、時折、塩梅屋の手伝いに通ってきているおき玖《く》が姿を見せた。先代の娘で元看板娘のおき玖は常に早上がりで、夕刻には夫蔵之進《くらのしん》のために、ちゃっかり仕込み済みの肴や菜を重箱に詰めて帰って行く。

「旦那様ってねえ、あたしの拵えた御膳に向かって、〝この頃、どうして塩梅屋に行かないのかな？〟なんていうのよね。やっぱり、ここのは断然、美味しいのよね」

などとおき玖はけろりと言ってのける。

深夜に訪れて堪能《たんのう》した蔵之進の狙いは、毎日食べても飽きないという評判まで立ってきている牡丹ずしに違いなかった。

おき玖の顔を見た三吉は、

「何か、今日あたりお嬢さんが来そうなんで、おいら、牡丹ずしのご飯多目に炊いといたんだ」

声を低めて季蔵に告げた。

「それにしても、ほっとしたわよね」

おき玖は勝手知ったる実家《さと》とあって、まずは離れの仏壇に線香を上げた。その後、仏壇の引き出しにしまわれている抹茶と茶碗《ちゃわん》、茶筅《ちゃせん》を取り出すと店に戻り、自分流で点《た》て、買い求めてきた錦水堂《きんすいどう》の蒸し羊羹《ようかん》を切って皿に盛りつけ、季蔵や三吉の分の菓子楊枝も添えた。

「お抹茶の冷める前にお先に」

小上がりに座ったおき玖は小皿に取り分けた自分の分の蒸し羊羹に菓子楊枝を刺して口に運びつつ、袂《たもと》からもとめてきたばかりの瓦版を取り出して眺め始めた。

「錦水堂のお菓子なんて凄いよね」

菓子に目がない上、菓子作りに多少の自負を抱きつつ憧れている三吉がため息をついた。

「まあ、あたし、今、ちょっとしたお祝いの気分もあるのよ」

おき玖が読んでいる瓦版の文字を三吉も追った。

「へーっ、あの強欲医者、稲村広海、死んだんだって」

稲村広海の名を耳にした季蔵は思わず、

「稲村広海といえば疾風小僧翔太に盗みに入られた医者でしょう？」

知らずと身を乗り出していた。

「そうそう。千両箱を二つも盗《と》られて、気落ちの余り、生きているのが嫌になり、猛毒を呷《あお》って屋敷に火を放ったんですって。庭が広くて風もなかったから隣近所も貰《もら》い火しなくて、それはよかったんだけど、最期まで自分のことしか考えない人なのね。あたしが三味線のお稽古《けいこ》で知り合った大店のお嬢さんは、お婿さん取っておめでたになっても、お稽古に通えるほど元気だったのに、心配性の両親《ふたおや》があの法眼稲村広海をかかりつけにしてからというもの、高い薬ばかり飲まされた挙げ句、とうとうお産で命を落としたの。そういう人たち、市中のお金持ちに沢山いるみたいだけど、相手は何せ法眼様だから声を上げずにいたのよね、ずっと。だから、稲村広海が疾風小僧翔太にしてやられていい気味だと皆さん、思ったはずよ。稽古友達を亡くしたあたしも同じ思い。でも、盗みに入られただけじゃ、お上に裁かれやしない。このまま、また、あくどい金儲《かねもう》けを続けてくんだろうと思うと、いてもたってもいられなかったのよ。そこへこれ、大きな声では言えやしないけど吉報よ。だから奮発しちゃったの、錦水堂の蒸し羊羹、若紫《わかむらさき》、お祝い代わりに——」

おき玖は目を細めて蒸し羊羹を食べて抹茶を啜《すす》った。

ちなみに錦水堂の高価な蒸し羊羹は各々、紫式部《むらさきしきぶ》の源氏物語《げんじものがたり》に登場する雅やかな佳人たち、夕顔《ゆうがお》、葵《あおい》の上《うえ》、若紫、紫の上、玉鬘《たまかずら》等の名にちなんだ色や絵柄で作られている。どれも生地は最上質の粳米《うるちまい》（普通の米）の粉と砂糖を水で練った白地である。若紫の場合、この白地を抹茶で緑に染めて羊羹型の底に敷き、煮含めた小豆を散らした白地、クチナシで黄色にしたものと三段に重ねて蒸し上げる。

仕上がりは白地に小豆粒の上が緑で初々しく、下が明るい黄色で何とも可憐《かれん》な見栄えとなり、あっさりとした上品な味わいと共に評判であった。

——松次親分が仄《ほの》めかしていたお祝いとは悪徳医者稲村広海自害のことだったのだな——

季蔵は合点した。

六

「稲村広海にとってのお金って、おいらの食い意地みたいなものなのかしらん？　そうじゃなきゃ、お金盗られて死んだりしないよね」

三吉が真顔で呟《つぶや》くと、

「稲村広海の金亡者ぶりは、三吉ちゃんの食い意地ほど可愛《かわい》いもんじゃないわよ」

おき玖はぷっと吹き出して、

「それにしても、お金なら、また、幾らでも悪いことして取り返せるのに、あの悪徳医者、よく死んでくれたものだわ。まさか、お金を盗まれてみて、その空しさがわかった、眠っていた良心が目覚めたなんていうんじゃないわよね」

首をかしげて季蔵の方を見た。

――おそらく、田端様と松次親分が見張らされていたのは稲村広海の屋敷だったはずだ。周囲の人を寄せず、中から出さずと言っていたが、それと知らされずに、主稲村広海が逃げるのを阻むための張り込みをさせられていたのでは？――

さらに得心がいった季蔵は、

「さて、人の心の奥底まではわかりません」

おき玖の疑問をひらりと躱《かわ》した。

おき玖はこの後、年季の入った団扇《うちわ》使いであおいで米粒がぴかぴかの酢飯を拵えたり、三吉と一緒にすしのしゃりを握ったり、行列している昼時の客たちに、牡丹ずしの包みを手渡す等の手伝いを終えると、久々に三人揃っての賄いに舌鼓《したつづみ》を打った。もちろん、賄いはにぎりたての牡丹ずしである。

「いいわねえ、こういうの。何だか、あたし、ここにいた頃がなつかしくて仕様がなくなったわ。離れにはおとっつぁんも居るし、戻ってきたいなあ」

おき玖は思わず口走り、

――これはいかん――

慌てた季蔵は、

「夜の仕込みはわたしたちでやりますから、もう、このあたりでお帰りになってください」

忙しい口調で促すと、飯を多く炊いた三吉の配慮で、十五個ほど残っていた牡丹ずしを竹皮で素早く包んだ。

「何だか、食い逃げ、持ち逃げみたいで、気が引けるわねえ」

牡丹ずしの包みを手にして店を出ようとしたおき玖は、

「ああ、そうそう」

一度振り返って、

「錦水堂の蒸し羊羹、若紫と玉鬘を瑠璃《るり》さんのところにも届けてもらったわよ。源氏物語の女たちってどの女もとびきり綺麗で、光源氏《ひかるげんじ》に想われるんだけど、早死にしたり、嫉妬《しっと》艱難《かんなん》に狂ったりして、どうもあんまり幸せじゃないのよね。でも、この玉鬘だけは特別。艱難辛苦を乗り越えて、優しくて頼もしく誠実な夫を得て子宝にも恵まれるの。だから、瑠璃さんへの蒸し羊羹は玉鬘と若紫にしたわ」

にっこりと笑い、

「お高いものを——すみません、ありがとうございます」

季蔵が頭を下げると、

「ううん、いいのよ。あたしねえ、このところ、錦水堂の源氏蒸し羊羹みたいな雅なものが、どういうわけか、気になって気になって、誰かにお裾《すそわ》分けしたくてたまらない気分なの。だから、気まぐれだと思って気にしないで」

今度は困惑気味に笑った。

おき玖が帰ると、

「玉鬘かあ、あれはさ、小指の半分ほどの長さで、面は満月に見立てて丸く整えた長芋を、一度蒸し、小豆羊羹に包んで底生地にする。その上に、お決まりの白い生地を載せて蒸したお菓子なんだよね。蒸した羊羹型をひっくり返すと、小豆羊羹の空に白い満月が見えてる。おいら、菓子についちゃ、始終、錦水堂さんに見に行くんで、かなり知ってるつもりだったんだけど、源氏物語の方はさっぱりだった。お嬢さんの話だと、玉鬘の夜空の満月、やっと手にできた幸せの証だったんだね。深いよね、お菓子って。おいら、まだまだ駄目だ」

三吉はいつになく、がっかりした様子で深々とため息をついた。

――三吉は大好きな菓子作りに行き詰まっているのかもしれない。今が踏ん張り時だ、何とかしてやらねばな。こういう時はまるで何もわからない、暗中模索をしなければならない課題を与えられると、意外に見えてくるものがあったりするものなのだが――

季蔵が三吉の課題を考え始めたところで、

「文を届けにまいりました」

戸口に烏谷からの使いの者が立った。

「ご苦労様でした」

文を受け取った季蔵は離れへと向かった。離れで一人で読んだ文には、常になく、やや踊り気味の烏谷の字で以下のように書かれていた。


そちがこれを読む頃には、既に稲村広海が屋敷に火を放って自害したことが市中に知れ渡っていることと思う。

断るまでもないが、これは稲村の意志ではない。といって、もちろん、お上の裁きでもあり得ない。

わしは今まで生きてきて、これほど思いきり泥塗《どろまみ》れになったと思ったことはない。

そちには想像がつくことだろうが、わしは疾風小僧翔太が届けてきた代物を使った。

あれに書かれていた、賄賂を受け取っていた大物たちを密かに訪ねて、あの代物を見せ、稲村に対して、直ちに取るべき態度を示したのだ。

各々方に、以前、受け取ったのと同額の高額な賄賂を今すぐ要求してくれと言った。つまり、稲村を脅迫し、強請《ゆす》ってくれと頼んだのだ。言うまでもなく、奉行たるものが、脅迫、強請を強《し》いるなど考えられぬことだ。しかし、稲村を追い詰めるにはこれしか手立てはなく、そのためにわしは泥塗れになった。

当初、稲村が記していたような事実は知らぬ存ぜぬだった方々は、〝これが公にされればそちもただでは済まぬぞ〟と、おっしゃったが、わしが梃子《てこ》でも引かないとわかると、〝稲村の診たて録に思い当たるふしは全くないが、今後のうるさい呼び出しは困る、これは町奉行所への最初で最後の協力である〟とおっしゃり、渋々従ってくださった。

こうして、莫大《ばくだい》な賄賂が無一文に等しい稲村に要求された。よもや、ただの町医者になどなり下がれるわけもない稲村は、賄賂を渡さなければ医業を続けて行くことができなくなった。

これが稲村広海自害の真相である。

もっとも、矢のような要求が続いても稲村はなかなか死ななかった。

そちと親しい田端宗太郎、松次には、いざとなった時、稲村が命を惜しんで逃げ出すかもしれないことを危惧《きぐ》して、ご苦労にも何日も屋敷を見張ってもらった。

本来は稲村の診たて録によって稲村本人を捕らえるだけではなく、目付、大目付にも稲村の悪事の証を突き付け、賄賂を受け取った者たちにも、詮議《せんぎ》が及ぶのが正しいとそちは思うであろう。

わしもそう思わぬでもない。

しかし、前にも言ったようにこれにはそうできぬ事情がある。わしにできたことは、稲村広海の自害をもって、世にも市中にも蔓延っていた悪徳医者を一人、始末したにすぎない。稲村広海がまだのうのうと生き続けて、再び私腹を肥やすのだけは阻むことができたまでのことだ。烏谷椋十郎はこれほどのことしかできぬものなのかと、疾風小僧翔太は嘲笑《あざわら》っているかもしれぬ。

それでも、何もできぬよりはよかった、とわしは思っている。

なお、この文は直ちに火にくべて始末するように。念を押すまでもないが、これまでの経緯《いきさつ》については全《すべ》てが秘されなければならない。

それから気掛かりはまだある。疾風小僧翔太はこの顚末《てんまつ》を嘲笑ってもいようが、同時にわしがどういう性質《たち》で、どう動くかも含めて、予測していたような気もするのだ。先が読めていたからこそ、わしに診たて録を預けたのだろう。

自慢の気持ちは毛ほども無いが、稲村を成敗するべく、泥塗れになったこの芸当、わしにしかできぬ。しかし、それまで疾風小僧翔太は見抜いていたとは――。

皆もそちも義賊ゆえ疾風小僧翔太を憎くは思わぬかもしれぬ。

だが、あやつが盗っ人である以上、断じて味方ではあり得ない。

これだけは胆に銘じておいて欲しい。

烏谷椋十郎

季蔵殿

――お奉行様――

この時、季蔵は沸きあがる無念を抑えることができずに仏壇の前に座った。おき玖の上げた線香が燃え尽きていたので、改めて線香に火を点け、紫色の煙の中で長次郎の位牌《いはい》に向かって瞑目《めいもく》した。

――とっつぁん、なにゆえあなたがあのお方に仕えたのか、今更のように得心いたしました。あの方はお立場で敵《かな》う精一杯の正義を貫かれた。けれども、やはり、この世の悪を根絶やしにできないのは口惜しいです。とっつぁんも草葉の陰できっとそう思っているでしょう？――

亡き長次郎に話しかけずにはいられなかった。

それから何日か過ぎた日の早朝、船頭で漬物茶屋の女将おしんの亭主でもある豪助《ごうすけ》が顔を見せた。刷り上がったばかりの瓦版の墨で手を汚している。

「疾風小僧翔太、今度は大きくやってくれたもんだよ。浅草は鳥越町《とりごえちょう》の助三《すけぞう》長屋、本所《ほんじょ》は北森下町《きたもりしたちょう》の平蔵《へいぞう》長屋、四谷《よつや》は鮫《さめ》ヶ橋《はし》のさなぎ長屋、芝《しば》は横新町《よこしんちょう》の松《まつ》の木《き》長屋。どれも最初に疾風小僧翔太が二両ずつ配った権太郎長屋に次いで、暮らしぶりの酷いところばかしだ。もちろん配りの額はどこも変わらず二両。さすが太っ腹だよ」

豪助はすっかり感心していた。

七

——稲村広海が自害した後、瓦版は来る日も来る日も、その悪徳ぶりをあしざまに書き立てていた。そして、一方では、今、また改めて、疾風小僧翔太の義賊ぶりがもてはやされている——

「兄貴、瓦版にはこうも書いてあるぜ。〝稲村広海は疾風小僧翔太のおかげでこの世に唯一善行を残した〟って。ほんとだ、ほんと。言えてる、言えてる」

豪助ははしゃぎ気味だったが、

——これでは稲村の自害を糧《かて》にして、疾風小僧翔太は市中の人気者になっているかのようだ——

季蔵は少々苦々しく思えてきた。

するとそこへ、

「おはようございます」

三吉が店に入ってきて、

「おいら、昨日、ここからの帰り道、長崎屋《ながさきや》のご主人の五平《ごへい》さんにばったり会っちまったんだ。五平さんときたら、二つ目に昇進して、初めてうちに来た時みたいな噺家《はなしか》の形《なり》でさ、寄席で高座を頼まれた後、意気投合したお客さんと屋台で飲み食いしてきたんだって話してくれた。その相手って人、噺通の上、初めて会ったとは思えないほど話が合って盛り上がったそうだよ。五平さん、とっても楽しそうだった」

興奮気味に告げた。

廻船《かいせん》問屋長崎屋の主五平は、一人息子であるにもかかわらず、勘当の身で噺家松風亭《しょうふうてい》玉輔《たますけ》だったことがあった。父親亡き後、大勢の奉公人たちを路頭に迷わせないために跡を継いでいる。

今でも噺好きな商い相手を招いて噺の会を開くのが、とかく忙しい五平の数少ない楽しみであった。季蔵も時折、噺の演題にちなんだ料理を頼まれることがある。また、前触れもなく訪ねてきた五平が季蔵の料理を源《もと》に、即興の噺を考えついて噺してくれることもあった。

――五平さんの噺は、今まではごくごく内々だった。寄席の高座に上がることなどなかった、ということはたぶん――、上からのごり押しを嫌い、自由な考えや気持ちを大事にするあの人の性質から考えても――

「五平さんは寄席でどんな噺をしたと言っていたか？」

季蔵は気になった。

「もちろん、疾風小僧翔太ものだよ、決まってる。忠臣蔵《ちゅうしんぐら》と同じでお上の手前、名前は変えて、清風《せいふうこ》小僧緑青《ぞうろくしょう》なんてのにしてるんだ。これが大受けで、五平さん、このところ、三日に上げず噺し続けてるそうだよ、凄いよね。おいらも聴いてみたいなあ。ああ、でも、松風亭玉輔の清風小僧緑青だっていうと、長い行列ができちゃうっていうから無理かな。とはいえ諦《あきら》めきれないよぉ」

すっかり浮き立っている三吉に、

「実は俺、ずーっと松風亭玉輔の清風小僧緑青を聴いてるんだ。いいよなあ、松風亭玉輔の清風小僧。男ってのが一度はやってみたい、なってみたいと夢みるのが、世のため、人のために御定法を破って盗みを働く、清風小僧の疾風小僧翔太だろ。玉輔は清風小僧を噺すために生まれてきたんじゃねえかって思えるほど、熱の入った噺ぶりだ。もう完全に疾風小僧翔太が乗り移ってる。たいした出来だよ。何遍聴いてもわくわくして飽きねえ」

豪助は想いの丈をぶつけた。

「ところで何か用があったのではないのか？」

船頭だけではなく、以前は浅蜊《あさり》売りも兼ねていた豪助は、漁師仲間と親しく、捨てなければならないほど獲《と》れすぎた魚を季蔵が安く引き取る時等、何かと間を取り持ってくれている。

初鰹をそこそこの買値で入手できたのも、漁師たちとの長年のつきあいの賜《たまもの》であり、元を辿れば豪助のおかげであった。

「ないといえばない、あるといえばある」

豪助はにやにやしている。

「早く話してくれ」

「季蔵さんは身寄りがない俺の兄貴みたいなもんだろう？　これといった用がなくたって、来て話してもいいだろ？」

「それはそうだが――」

季蔵は訝《いぶか》しげな表情で相手を見た。

――そうは言っても、豪助が用もなくただ話だけがしたくて、誰もが忙しい朝、ここへ来ることなどあったかな――

「おしんのやつときたら、このところ、ろくに俺の話を聞いちゃくれねえんだ。疾風小僧翔太の破竹の勢いが書かれてる瓦版を買っていってやっても一切興味なし。〝あんたもちゃんと働いてるんだから、瓦版買いや寄席通いを無駄使いとまでは言わないけど、疾風小僧翔太のことなんて、漬物茶屋のここへ来るお客さんから幾らでも聞けるわよ〟だって。挙げ句の果てが、〝うちが続いてるのを見てて、漬物茶屋がそこそこ儲かるってわかると、あちこちに、雨後の竹の子みたいに漬物茶屋ができてるんだから競い合いなのよ。だからあたしはこの店の切り盛りで精一杯、疾風小僧翔太の話まで聞いていられない。それでも、あんたが疾風小僧翔太と知り合いになって、うちに来て漬物を盗んでってくれるんなら話は別よ。そうなったら、この店の名、疾風小僧翔太に変えちゃう。疾風小僧翔太が盗みたくなるほど美味しい漬物にちがいないってことになって、きっと大流行《おおはやり》に流行《はや》るわよ〟だとさ。女ってぇのは夢ってものがないのかねえ」

豪助が胸の裡を吐き出すと、

「そういや、その手の喧嘩、うちのおっとうとおっかあもやってる。おっとうは疾風小僧翔太をしきりに褒めてるんだけど、おっかあの方は二両がうちにも届かないうちは、偉いなんて思えないって言い続けてる。おいら、親たちの喧嘩は嫌だから、疾風小僧翔太が二両を届ける順番を紙に書いて、うちに報せといてほしいって思ってるほどだよ。どう見たってうちは今も貧乏で、おいらが季蔵さんに雇われる前は、一家心中か、おっかあの身売りかなんて時もあったんだから。金ぴかの二両、おいら、一度拝んでみたい」

三吉の目が潤みを帯びた。

——この目は美味いものを食べている時の目だ。これはいかん——。すっかり疾風小僧翔太熱に浮かされている三吉に早急の手当てをしなければ、それにはまずはこの場を——

季蔵は白瓜の夏大根醤和えと、春の夏大根醤清汁の作り方を書いた紙に手を伸ばした。市中の家々の厨《くりや》でも作ることができそうな料理を、こうして紙に書いて、訪れた客に頼んで知り合いに配ってもらっている。

直に塩梅屋に利があるわけではないが、作り方がわかるせいで、使われている食材が売れるようになり、今回は青物屋が喜ぶだろうが、獲れすぎる魚が傷んで捨てる前にはけると、漁師たちに有り難がられることも多い。

今年の初鰹の入手には、豪助の仲介だけではなく、実は漁師たちの感謝の意も含まれている。季蔵さえ、黙々と作り方を紙に書き続けて客に配ってもらえば、お百姓や漁師、猟師たちは手塩にかけて育てたり、獲ったものが売れ、家々では美味しい工夫が料理にできて家族が笑顔になり、塩梅屋には感謝の代わりに便宜《べんぎ》がはかられる。廻り巡って皆がささやかな利を得ることになるのだった。

――だが、ここは切り盛りで苦労しているおしんさんを労《ねぎら》おう――

季蔵はこの二種の作り方に限って、これ以上、配ってもらうのは止すことにした。草醬を使ったこれらの料理が広まりすぎると、手軽に作ることができるだけに、おしんの漬物茶屋の品書きに入れる価値はなくなる。

「これを是非試してほしいとおしんさんに伝えてくれ。漬物茶屋ならではの見合った品になるはずだ」

季蔵は豪助に草醬の説明をしてから、夏大根を用いた二品の作り方が書いてある紙を渡した。

「有り難い」

疾風小僧翔太に入れ込むあまり、ややぎらついていた豪助の目が和んだ。

「俺たち親が言い合いしてると、坊主が不安そうな顔になるんだ。俺だって、子どものためにも、なるべくおしんとは上手くやっていきたいと思ってる。あいつも、もう少し気を抜いてくれりゃいいんだが、何しろあの気性だから――」

季蔵は日焼けこそしているものの、役者裸足《はだし》の男前だった豪助が、町娘たちに始終追いかけられていた頃のことを思い出していた。

その頃の豪助は自分を捨てた美形の母親を忘れられず、その面影をもとめて楚々《そそ》とした娘が雇われる水茶屋に絶えず通っていた。船頭だけではなく、浅蜊を売り歩いていたのもそのための金が入り用だったからである。

「おしんさんにだって、言い分はあるだろう。互いに気に入らないところを突っつき合うのは馬鹿の骨頂だぞ」

季蔵は珍しく強い口調になった。

遣《や》り手《て》の女将で通っているおしんは、世辞にもいい女とは言えなかったが、頭の巡りが早く、損得にも敏感で商いの才があった。

いい男好きだったおしんは、これで仕舞いでもかまわないと覚悟して豪助に抱かれ身籠もった。それとわかった豪助は、腹の中で我が子を育てているおしんから離れられなくなり、二人はめでたく夫婦になったのであった。

――あの落ち着かない奴だった豪助がここまで大人になったのは、常に今を生きている、心身ともに逞《たくま》しいおしんさんあってのことだ。疾風小僧翔太が二人の隙間風になってほしくない――

季蔵は、さらに強く、

「いいか、よく聞け。幸せには後ろ髪がついていないものだ、疾風小僧翔太もいいが、それだけは忘れるな」

戸口へ向かった豪助に言った。

――さて、次はいよいよ三吉だ――

井戸から水を運びつつも、まだ目がぼうっと潤み続けている三吉に、

「ちょっと」

季蔵は有無を言わせぬ口調で迫った。

第三話　鶏鍋汁めし

一

「話がある」

季蔵《としぞう》は水汲《みずく》みを終えた三吉《さんきち》と小上がりで向かい合った。

「おまえは菓子作りが好きだろう」

「ん」

三吉は神妙な顔で頷《うなず》いた。

「この先、菓子作りで身を立てたいか？」

「それ、おいらにいろいろお菓子のこと、教えてくれる嘉月屋《かげつや》さんのご主人にも言われたことある。その気なら、嘉月屋で奉公、修業しないかって——」

季蔵が湯屋で知り合った嘉月屋の主嘉助《あるじかすけ》は、菓子作りに熱心で、古今東西の菓子に通じている。

「おまえは何と応《こた》えたのだ？」

「おいら、わからないって」

小声の三吉は身を縮こめた。

「それはどういうことだ？」

「だって嘉月屋さんのご主人みたいにはなれそうにないもん。ご主人の嘉助さんはいろいろなお菓子の謂《い》われとかも含めて、作るのが何よりで、みんなが噂《うわさ》してるように可愛《かわい》い女の子より好きでしょ。でも、おいら、食べる方がもっと好きだし、可愛い女の子を見たら目を離せない」

三吉は少しばかり頬《ほお》を赤らめた。

「今は疾風小僧翔太《はやてこぞうしょうた》が大好きなんだろう？」

「そりゃあ──、あ、でも、そのせいで季蔵さんの手伝いしてる時、疾風小僧翔太のことばかし考えて、心ここにあらずにはなんないようにしているよ」

疾風小僧翔太と口に出したとたん、おどおどしていた三吉の表情ががらりと変わった。夢見がちに目が潤んでいる。

──こいつをシャキッとさせるためには荒療治が要る──

季蔵は苦笑を嚙《か》み殺して、

「よろしく頼む。ところでおまえは煉《ね》り切《き》りを使って、桃太郎《ももたろう》なんかの昔話を菓子にしたお伽《とぎ》菓子や、雌鶏《めんどり》の腹の中のきんかん卵でしかできない玉子素麵《そうめん》、褒美《ほうび》目当ての煎餅《せんべい》等はほとんど自分一人で作っただろう？」

「うーん、でも、嘉助さんにずいぶん助けてもらったし、胆《きも》は季蔵さんがばちっと決めてくれてたような気がする」

「ならば、今度は誰《だれ》にも助けて貰《もら》わずに、正真正銘、一人でやってみないか？」

季蔵は三吉の顔を見据《みす》えた。

「やってみるって何のお菓子？」

一瞬三吉の顔に怯《おび》えが走った。

「ウリボウの肉を焼いている石窯《いしがま》でパンを拵《こしら》えてほしい」

「パンって？」

「実はわたしもよく知らない」

「そんな――」

三吉の顔がみるみる歪《ゆが》んだ。泣き出すまいと必死に堪《こら》えている。

「だからいいんだ。わたしは一切手助けできない」

「やだよ、やだよ、おいら、助けがなきゃ、満足にできっこないもん。季蔵さんの意地悪っ」

三吉は畳の上を転がって駄々をこねる子どものように両足をばたつかせた。

「子どもじみた真似《まね》は止めろ」

一喝した季蔵は、

「実はおまえの代わりに雇ってもいい若いのがいるんだ。薄い儲《もう》けで市中一美味《うま》いものをお客様にお出しする、これが先代から受け継いだ塩梅屋《あんばいや》の心がけだ。それで塩梅屋の切り盛りは常に厳しい。どうせ雇うならできる奴《やつ》にしたい」

心を鬼にして三吉を見据え続けた。

「そのパンってぇのをちゃんと作らないと、もう、おいらを塩梅屋《ここ》に置いといてくれないってこと？」

三吉は青ざめた。

「まあ、そういうことだ」

「そうなったら、疾風小僧翔太、うちにも来てくれるかな？」

一瞬三吉の目にきらりと期待が走った。

「はてね、与えられた試練を越えようともしないで放《ほう》り出す奴に、疾風小僧翔太が同情するとは思えない」

季蔵は辛口で応じた。

「わかったよ」

起き上がった三吉は、

「これから嘉月屋さんへ行って、パンって何か聞いてくる。旦那《だんな》さん、お店に居てくれるといいんだけど――」

店から出て行った。

この後、意外に早く戻ってきた三吉は、

「嘉助さん、店に居たけど、貝原益軒《かいばらえきけん》っていう、今から百年以上昔の偉いお医者さんの『大和本草《やまとほんぞう》』って本を出してきて、〝ここに書かれてるけど、長崎で作られたパンは蒸餅《むしもち》のようだね。それから、海の向こうでは、米や麦、雑穀《ざっこく》みたいに食べられてたようだ〟って、それだけ。お菓子じゃないから、作り方に興味を持ったこともないし、全くわからないって。それと旦那さん、これだけ騒がれてるっていうのに、疾風小僧翔太の話を全然しなかった。〝こっちじゃ、米を粉にした米粉からさまざまなお菓子ができたんだから、海の向こうでも、パンの素を工夫して、いろんなお菓子ができてるのかもしれないね。パンの作り方がわかったら是非ともこの菓子馬鹿に教えてほしい〟って、相変わらず菓子道一筋って感じだった。何だか、おいら、ますます自分が駄目な気がしてきたよ」

がっくりと肩を落としていた。

——思った通りだ。嘉月屋さんなら疾風小僧翔太に心を騒がせられることもなく、一途《いちず》に新しい菓子を考えたり、作り続けていて、三吉の浮ついた気持ちの楔《くさび》になってくれると思っていた——

内心、季蔵はほっと安堵《あんど》した。

「おいら、このままだと暇をとらなきゃなんないんだよね」

三吉はすっかり打ちひしがれている。

「パンの拵え方を知るのに、一つだけ、手立てがある。けれども、それはおまえには結構厄介なことかもしれない」

季蔵の言葉に、

「なに？　なに？　おいら、大丈夫だよ。塩梅屋に置いてもらうためなら、何でもするよ」

三吉は飛びついた。

「それではこれから、市ヶ谷《いちがや》の慈照寺《じしょうじ》におられる瑞千院《ずいせんいん》様に文を書こう。瑞千院様は落飾される前は長崎奉行を務められたことがおありの旗本の御正室だ。あの石窯も瑞千院様からいただいたものだ。瑞千院様ならパンの拵え方を御存じか、書いたものをお持ちになっておられるかもしれない」

「元長崎奉行様の奥方様――、そんな偉い人においらが会うなんて」

三吉は尻込《しりご》みした。

「それは現世でのことで、今は御仏《みほとけ》にお仕《つか》えになりつつ、市中でさまざまな慈悲を施《ほどこ》し、殿様の御冥福《ごめいふく》を祈っておられる」

「季蔵さんはどうして、こんな偉い人を知ってるの？」

三吉の目が丸くなった。

――来たな――

覚悟していた季蔵は、

「おまえの長屋中が流行風邪《はやりかぜ》で寝込んでいた年の瀬のことだった。あのお奉行様から頼まれて、瑞千院様にお引き合わせいただき、亡き殿様を思い出させる、長崎仕込みの阿蘭陀《オランダ》おせちを拵えさせていただいた。その御縁だ」

つきあいの広い烏谷《からすだに》を方便に使って、自分と瑞千院の関《かか》わりについては伏せた。

「近くに怖いお侍が控えてて、口の利き方が悪いって言われて、おいら、無礼討ちなんてのに遭《あ》うんじゃあ――」

三吉の肩がぶるっと震えた。

「瑞千院様が庵主《あんじゅ》の慈照寺は尼寺《あまでら》だ、安心しろ」

こうして季蔵は以下のような文を三吉に持たせて送り出した。


ご無沙汰《ぶさた》致しております。

いただいた石窯にて、遣《つか》わした者にパンなるものを拵えさせてみたいと思っております。

遣わした者は三吉といい、当店の見習いです。

いつぞやご依頼いただいた阿蘭陀おせちについて、時折思い出し、あれらは汁と菜、菓子ばかりで、飯に当たるものがないのが不思議に思えておりました。

これは海の向こうでも祝われる、新年の膳《ぜん》なので肴《さかな》さえあればいいのかもしれませんが、祝膳ではない普段の膳には、やはり、飯のようなものが要るのではないかと思います。

それがパンではないかと――。

御身《おんみ》、御仏にお仕えの折柄、お世話をおかけいたしますが、よろしくこの三吉をご指南くださいますようお願い申し上げます。

塩梅屋季蔵

瑞千院様

――さて、今夜は少し肴の趣向を変えてみよう――

季蔵はみる貝が手に入ったこともあって、ふと思い出して、久々に、ぽんぽりみる喰《くい》を拵えてみたくなった。

みる貝は殻《から》の幅は最長で五寸（約十五センチ）ほどにもなる大型の二枚貝である。浅瀬に棲《す》んでいて殻から飛び出したままの水管に海草のミルが密生していて、これを貝が食べているかのように見えるのでみる喰とも称される。殻の外に出ていて長くて太い足のようである黒褐色の水管の皮を剝《は》ぐと、淡赤色の肉質は歯応えも味もよい。この部分はややこりこりしているが、貝の中の身はほどよく柔らかい。

みる貝を包丁を使って殻から外し、わたを取り除いた後、湯で煮て中の身の方から水管に向かって皮を剝ぐ。黄白色の中の身と赤い水管を切り分けておく。次に中の身を晒《さら》しに包み、手でよく揉《も》みほぐす。皮を剝いでも水管の肉質はほぐれないので、包丁で細かく叩《たた》いてほぐし身に混ぜる。酒、塩、砂糖で調味する。

湯で塩煮した魚を布に包んでほぐしたものは、福目（田麩《でんぶ》）と称され、主に鯛《たい》などの白身魚が使われて肴や菜に供された。

みる貝が使われるぼんぼりみる喰には、水管の肉質が混ぜられるので、白身魚を使った平坦《へいたん》な味の福目より、風味も歯応えも勝っていて段違いに美味であった。

ぼんぼりとはぼんぼり綿のことである。薄く透けて見える綿帽子のことをぼんぼり綿といった。

——たしかにみる貝の福目のこの様子は、ぼんぼり綿によく似ている。黄白色に赤が散っている分、華やかで美しくもある。祝いの気分にさえなる——

季蔵が出来上がったぼんぼりみる喰に見惚《みと》れて、さらなる思い出に心が動きかけた時、

「お邪魔します」

戸口から聞き慣れた女の声が聞こえた。

二

「お涼《りょう》さん」

季蔵が出迎えたのは想《おも》い人《びと》の瑠璃《るり》を引き取って、手厚い世話をしてくれている元芸者で今は長唄《ながうた》の師匠、鳥谷の内妻のお涼であった。

「近くまで来ましたので」

「よくいらしてくださいました、瑠璃に何か——」

「変わらず元気になさっています。ご心配には及びません」

――よかった――

季蔵はほっと胸を撫《な》で下ろした。

――ああ、でもやはり瑠璃は変わらずなのか。自害を迫られる罠《わな》に落ちて主家を出奔《しゅっぽん》する際、瑠璃も一緒に連れて出ていれば、こんなことには――

堀田季之助《ほったとしのすけ》と呼ばれた侍だった季蔵と添うことになっていた瑠璃は、横恋慕した主家の息子によって酷《むご》く仲を裂かれ側室にされた。料理人となった季蔵が鳥谷に鍋《なべ》料理を頼まれ、豪助《ごうすけ》が舟を漕《こ》いだ雪見舟の中で変事が起きた。

その雪見舟には、季蔵を自害に追い込もうとした鷲尾《わしお》影守《かげもり》が瑠璃を伴って、長崎奉行まで務めた父影親《かげちか》を招いていたのである。

これには洩《も》れ聞こえてくる息子の行状に愛想を尽かして、嫡男が亡くなったにも拘《かか》わらず、なかなか家督《かとく》を己に譲ろうとしない父親を亡き者としようという影守の魂胆があり、察知していた影親は立ち向かい、我が子と相討ちするという壮絶な最期を遂げた。この様子を目の当たりにして瑠璃は正気を失ったのであった。

正気が失われると、たとえ若い者でも、日に日に身体《からだ》まで虚無な心に添って、死に向かって弱っていくのが常だと医者に言われている。

季蔵がいつまでたってもお涼の訪れに慣れないのは、もしや瑠璃の身に――という不吉な想いをまだ断ち切れずにいるからだった。

――瑠璃が昔のように元気になるまではずっとこうだろう――

季蔵はお涼のために煎茶《せんちゃ》を淹《い》れた。

「これ、旦那様に頼まれてもとめてきた錦水堂《きんすいどう》のお菓子です。おき玖《く》さんが若紫《わかむらさき》と玉鬘《たまかずら》を届けてくだすったんですけど、瑠璃さんは特に若紫の蒸《む》し羊羹《ようかん》がたいそうなお気に入りで、このようなものを――」

お涼は巾着袋《きんちゃくぶくろ》の中から羊羹の一切れを取りだして渡してくれた。

「本物ではありません。瑠璃さんが、うちにある端切《はぎ》れを自分で選んで、布の若紫を作ったんです。よくできているでしょう?」

端切れで作ってある若紫の蒸し羊羹の切れは、緑色の布と、赤紫色の糸で小豆《あずき》の刺繍《ししゅう》を細かに施した模様入りの白地が縫い合わされ、さらに黄色の布とつながっている。綿が詰められて目立たぬよう綺麗《きれい》に閉じてあった。

「紙花同様、旦那様がたいそう感心されました。瑠璃さんが端切れで写し取ったのは、錦水堂の源氏《げんじ》物語《ものがたり》ゆかりの羊羹、他にまだいろいろあるのだとわたしが申し上げると、それなら、別のをもとめてきて端切れ遊びをするのは、瑠璃さんにとっていいことに違いないとおっしゃいまして。でも、迷った末、結局買えませんでした」

お涼は一瞬目を伏せた。

ちなみに瑠璃の手による紙花は、烏谷が古本屋で見つけてきた、四季折々の花を模した紙花作りの本がきっかけで作られ続けている。

「光源氏《ひかるげんじ》は多情な色好みで、源氏物語に出てくる女たちがたいていは薄幸だからでしょうか?」

季蔵の言葉に、お涼は大きく頷くと、

「若紫が長じて紫《むらさき》の上《うえ》となり、最も光源氏に愛された内妻とされていますが、念願しているにも拘わらず子宝に恵まれず、他の側室への気遣いもあって重い病で先立つでしょう? 結局、天真爛漫《らんまん》、源氏への無邪気な思慕で陽《ひ》の光のように明るく、幸せだった女は、紫の上の子どもだった頃《ころ》、若紫のほかはないいんじゃないかって思えました。それでわたし、とても他の羊羹は買う気がせず、若紫を買ったんです。こちらにも一棹《さお》――」

風呂敷《ふろしき》を解《ほど》いて二棹の若紫の蒸し羊羹のうち、一棹を差し出した。

「わたしなんかでは想像もつかないほどの苦労をしている瑠璃さんには、一日も早く季蔵さんと幸せになってほしいんです。不幸とか不安とか、陰りとかを一切寄せ付けたくありません。不吉を感じさせるものは何もかも――。だから――」

お涼は風呂敷の底にあった緑と黄色の端切れを取り上げて、

「瑠璃さんにはずっと飽きるまで、これで若紫の端切れ細工をしていてほしいんです」

このお涼の言葉に季蔵は胸が熱くなった。

「ありがとうございます。これはいただいておきます」

瑠璃が作った若紫の端切れ細工を胸元にそっとしまうと、そこはかとなく、温かみが伝わってきたような気がした。

――瑠璃とは幼い頃、よく手をつないで歩いたものだった。あの時の瑠璃の手のぬくもりが思い出される――

「それでは――」

お涼は立ち上がりかけ、ああと呟《つぶや》いた。

「やはり、これはお話ししておかなければ。二日ほど前のことでした。市中は疾風小僧翔太の噂でもちきりですから、瓦版屋《かわらばん》は稼ぎ時です。たくさん売ったのでしょう。そのうちの一枚、誰かが読み捨てたものが風に吹かれてうちの庭へ舞い込んで来たんです。瑠璃さんが虎吉《とらきち》と縁側にいる時でした」

虎吉は雌《めす》のさび猫で瑠璃を守るためには命をも惜しまない、忠犬並みの資質を持ち合わせている。

「疾風小僧翔太のことが書かれた瓦版ですか――」

正直、季蔵は鼻白んだ。

――風の悪戯《いたずら》とはいえ、瑠璃のいる静かな場所まで騒がせないでほしい――

「わたしが座敷から見ていると、虎吉が気がついて、その瓦版を咥《くわ》えて瑠璃さんに運びました。瑠璃さんは瓦版に目を落としていました。わたしが話しかけると、振り返って、〝この方はよい方です、とてもよい方です〟と笑顔で言ったんです。はっきりとした強い目と声でした。旦那様にお話ししたところ、男前に描かれている挿絵《さしえ》の疾風小僧翔太の顔が、心なしか季蔵さんに似ているせいだと。よかったではないか、時には正気に戻る証《あかし》ではないかとも言われ、わははと笑って仕舞いになりました。季蔵さんに今日、話しそびれていたのは、これも何となくわたしには不吉で――。旦那様は時に相手を案じさせまいと、大笑いで済まされることがおおありでしょう？」

　お涼はやや青ざめた真顔である。

――まさか、風のせいではないと？　お涼さんは誰よりもよくお奉行様を知っている。疾風小僧翔太はお奉行様に文を出し続けている。役宅のほかにお涼さんのところを突き止め、お上であるお奉行様への揶揄《やゆ》代わりに、自分のことが書いてある瓦版を投げ込んでいてもおかしくない――

「大丈夫ですよ」

　季蔵もまた、不安な本心を微笑《ほほえ》みで隠し、

「これを瑠璃に。きっとお奉行様もお好きで心地よく酔える肴になるはずです」

　ぼんぼりみる喰を詰めた容《い》れ物《もの》を渡して、戸口まで送っていった。

　この後、季蔵は、

――源氏物語の紫の上の幸福が若紫の頃にしかないように、瑠璃との幸せな時も長いようで短かった。あるいはその時が幸せすぎたのかもしれない――

　しばし瑠璃との過ぎし日の思い出に浸《ひた》った。

――ぼんぼりみる喰は我が堀田家に代々伝わる料理で、家の者、皆の好物だった。父上は肴にして酒を飲み、母上とわたしたちは炊《た》きたての飯に混ぜて夢中で食べた。その時、わたしは用人《ようにん》の娘である瑠璃との祝言を目前にして、多少の見栄《みえ》もあってか、晴れない気持ちでいた。さしあたっては、父上たちがお選びになる結納の品の質が気になっていた。きっと見劣りのするものだろう——。武家とはいえわたしの家はそれほど貧しかった。そんな時、瑠璃と神社にお参りに行った帰り、〝みるぅー、みるぅーっ〟という棒手振《ぼてふ》りの売り声に立ち止まって、みる貝をもとめた。偶然、堀田の家には母上がおらず、わたしたちは厨《くりや》に立ち、瑠璃は飯炊きを引き受けて、わたしは母上の見様見真似でぼんぼりみる喰を拵えた。その時、瑠璃は、〝まあ、綺麗。わたし、紅白の田麩なんて見たことありません。何ておめでたいのでしょう。これが堀田家の皆様の大好物ならば、婚礼の衣装など着なくてもわたし、いっこうにかまいません〟と言ってくれた。

ああ、あの時の瑠璃の言葉をもう一度聞きたい、二度と聞けないものなのか——

常になく、気持ちが沈み込んだ季蔵は、

——思い出だけでは生きられないというのに、こんな体《てい》たらくでどうするんだ？——

強く自分を叱《しか》りつけ、何日か後に迫った口入れ屋遠田屋近兵衛《えんだやきんべえ》に供する、最上の牡丹《ぼたん》ずしを盛りつけるための角皿を探しに離れへと勝手口を出た。

——最上の牡丹ずしには最上の皿が要る——

納戸に積み重ねられている磁器や陶器、漆器の入った箱を根気よく調べていって、やっと有田焼《ありたやき》の染め付け角皿を三枚見つけ出した。伊万里《いまり》、柿右衛門《かきえもん》まではわかったが、あと一枚には、箱の中に長次郎《ちょうじろう》の書き置きが遺《のこ》されていなければ、どこのものか不明であったろう。書き置きには以下のようにあった。

鍋島《なべしま》。鍋島藩の御用窯で献上用に作られていて流出した稀有《けう》な極上磁器と思われる。鍋島は白地に花鳥風月を描いたものが多いのだが、これには萩《はぎ》に猪《いのしし》、花札の絵柄が青、赤で描かれている。猪の牙《きば》等、ところどころに金が使われていて豪奢《ごうしゃ》。

——猪の子《いこ》であるウリボウ肉の牡丹ずしに、猪が描かれた角皿——

季蔵は迷うことなく御用窯流出品の鍋島に決めた。

三

いよいよ、最上の牡丹ずしを奉公人たちの並みのものと一緒に、遠田屋にてもてなす日が明後日に迫った。

——これには少しの手違いも許されない——

季蔵が何度も試して案じているのは、石窯で焼き上がったウリボウ肉の冷め具合であった。塩梅屋から遠田屋のある金六町《きんろくちょう》までは距離があり、冷めすぎてしまう憾《うら》みがあった。

——酢飯とウリボウ肉が同じ人肌程度である時、振りかける肉醤《ししびしお》の香気によって独特の旨味《うまみ》へと導かれる。酢飯を炊く釜《かま》は遠田屋まで運べるが、石窯まではとても無理だ。といって、格別の漬けダレに寝かして焼いた最上の牡丹ずしのためのウリボウ肉は冷めすぎてしまうと、振りかけた肉醤がそれほど香り立たない。タレにそれほど気遣わないものの人肌ほどにまだ温かい、並みのウリボウ肉を使った、並みの牡丹ずしの方が肉醤など用いなくても数段美味い。とにもかくにも、最上の牡丹ずしのふわりと強く香る肉醬の泣き所は、ウリボウ肉が冷めすぎてしまっていると、絶妙な風味が醸《かも》し出されるどころではなく、塩っぽさと生臭さが感じられることだ――

悩み抜いた末、思い余って烏谷に相談の文を出すと、この日、夕刻近くになって、使いの者が石工《いしく》や人足たちを従えて塩梅屋を訪れた。

石窯は昼前に使ってウリボウ肉を焼いた後、火を落としていたので、そろそろ石が冷めてきていた頃だった。

「お奉行様の命によりこの石窯を一時、ご命じになられた所に移すよう承りました」

使いの者が言いきると、石工の親方と思われる、腰の曲がった白髪の老爺《ろうや》が這《は》いずるようにして石窯の中までを仔細《しさい》に調べた後、細かった目を丸く大きく瞠《みは》って、

「うん、よし」

一つ大きく頷くと、若い石工たちが人足に手伝わせて石窯を持ち上げた。

こうして塩梅屋の石窯は大八車に乗せられて遠田屋へと運ばれていった。

この時、季蔵は出張の牡丹ずしを烏谷の口利きで頼まれているのだとだけ三吉に告げた。

「この石窯が塩梅屋に帰ってくるまで時がかかるね」

「明日、明後日、場合によっては明明後日も牡丹ずしの昼売りを休むしかないな」

季蔵はその旨《むね》を紙に書いた。

「夜は暖簾《のれん》を出していつものようだよね」

「そのつもりだが――」

この時、また烏谷から別の使いが文を届けてきた。それには以下のような命が記されていた。


明日より二日間、遠田屋に泊まり込み、夕餉《ゆうげ》をもてなすこと。二日とも牡丹ずしでよい。二日分の最上の牡丹ずしとなるので、対価も二十両となる。奉公人の分も倍になるので食材を増やして用意するように。なお、わしもそちと起居を共にする。くわしくは明日の昼過ぎ、塩梅屋にて話す。

急ぎ　椋十郎《りょうじゅうろう》

「どうやら、明日、明後日の夜はおまえに任せることになりそうだ」

「それでもいいんだけど、おいらはパン作りもしなきゃなんないし――」

「そうだったな」

三吉が慈照寺の瑞千院を訪ねた後、季蔵はまだくわしい話を聞いていなかった。

不安そうでびくついていた三吉は慈照寺から戻ると、

「穏やかで優しくて、いい人だね、瑞千院様って。おいら、何だかぐっとやる気が出てきたよ」

わりに落ち着いた様子で言っていた。

「パン作りはこれからどう進めるんだ？」

季蔵は訊《き》きかけて、

「そうか、悪いな、石窯がなければパンは焼けない――」

「そうなんだけど、そうでもないんだ。瑞千院様の薦めで、おいら、慈照寺でパンの修業してみたいんだ。だから、本当は明日、明後日と休みがほしいんだけど」

今まで塩梅屋が休業することなど滅多になかったが、

――パン作りを三吉に課したのは自分だ――

「いい、そうしよう」

承知するしかなく、休業を報《しら》せる紙に書き換えた。

――それにしても、こちらに貰い受けてしまって、慈照寺にはもう石窯はないのだから、いったい、どのようにしてパンを焼くおつもりなのだろう――

疑問が湧《わ》いて来て三吉を問い糺《ただ》そうとした時、

――ああ、そうか、あれだな――

長次郎の日記にあったパンの件《くだり》が頭をよぎった。

長崎の異人たちは日々パンを食すという。甘酒を漉《こ》して、小麦粉を合わせ、丸くまるめて平らにし、子どもの掌《てのひら》ほどに膨れるのを待つ。膨れたところで蒸籠《せいろう》に入れて蒸す。

「瑞千院様はね、殺生を禁じてる慈照寺じゃ、肉や魚なんかの生臭《なまぐさ》ものは駄目だけど、パンなら毎日、食べられるから、おいらに上手《うま》く作れるようになってほしいって言ってくれたんだよね」

三吉はうれしそうな笑顔でいう。

――瑞千院様は三吉に自信を持たせようとしてくださっているのだ。誰に対しても分け隔てなく、面倒見のよかったあのお方らしい。まさに慈悲のお心そのものだ。それにはまず、蒸籠でできる蒸しパンから作らせるのだろう。三吉が蒸しパンで自信を持ったところで、こちらは遠田屋から返ってきた石窯で、どんな具合に焼けるのかわからないが、パン焼きに挑戦させたい――

季蔵はそれ以上の三吉への質問を止めた。

翌日、昼過ぎて訪れた烏谷は、離れで早速、季蔵が用意してあった牡丹ずしを五人前ほどぺろりと平らげると、

「相変わらず美味いっ。最上という奴には味では少々敵わずとも、わしはこれでいい。沢山食せるのが嬉《うれ》しい」

わははと笑い豪放磊落《ごうほうらいらく》に言ってのけた。

「心配事がおありのはずですが――」

季蔵は相手に話を促した。

「まあ、そう急《せ》くな」

真顔になった烏谷は片袖《かたそで》から一枚の紙を出し、季蔵の前に広げた。

近日中にそちらの蔵にも金子《きんす》をいただきに上がろうと思っていたところ、日本橋は木《き》原店《はらだな》にある塩梅屋発祥の最上の牡丹ずしを賞味されるとのこと聞き及び、真《まこと》に興味深きことにて猫に小判にして心外、金子と共にその口福もいただくことにいたしし旨、お知らせいたします。

疾風小僧翔太

遠田屋近兵衛殿

「これが届けられたのが一昨日の夕刻で、昨日の朝、遠田屋近兵衛が奉行所へ来た。怒り心頭に発した様子で、奉行所は何をしているかとわしに詰め寄ったのだ。供をしてきた大番頭の佐平《さへい》に菓子や金子を差し出させながら、言葉遣いは丁寧だったが、ようは、充分な付け届けを怠ったことなどないというのに、盗《ぬす》っ人《と》一人捕まえられなくてどうする？という話の内容だった。自分が猫扱いされたことも腹立たしくてならないようだった。わしはただただ平謝りするしかなく、この上は何としても、蔵の金子と最上の牡丹ずしを守ると約束するほか、宥《なだ》めようがなかった」

「それでわたしと一緒に前夜から遠田屋に泊まられることになさったのですね」

「そうだ。遠田屋には今日、早目に大戸を下ろした後、明日、明後日と休業させることにした。遠田屋がそちの最上の牡丹ずしを賞味することを知っているのは店の者たちに限られるゆえ、今日店を閉めた後、猫の仔一匹外へは出さず、一人一人訊くことに決めている。この中に必ずや、疾風小僧翔太の手の者がいるはずだ」

烏谷は毅然《きぜん》とした面持ちになった。

「しかし、最上の牡丹ずしのことを知っているのは、店の者たちだけではなく――」

言いかけて季蔵は言葉を途切れさせた。

――最上の牡丹ずしの胆である肉醬は、諸国の料理等を本に書くのを生業《なりわい》にしている篠《しの》原裕一郎《はらゆういちろう》様にお持ちいただいたものだった。けれども、あの時、遠田屋さんのことなど話しはしなかった――

「他に知っているかもしれない者がいるのか?」

じろりと季蔵を見据えて烏谷の声が尖《とが》った。

「いいえ、思い違いでございました。これは三吉も知らないことです」

季蔵は金輪際、篠原裕一郎を巻き込むまいと思った。

――最上の牡丹ずしの立役者に迷惑はかけられない――

「奉公人のほかに仕事を探して遠田屋に出入りする者たちの中に、紛れ込んでいないとも限りません」

「そんなことまで言い出していったらきりがなかろう」

不機嫌になりかけた烏谷だったが、

「疾風小僧翔太は風のように現れて消えるという話ですから――」

さらに季蔵が押すと、疾風小僧を褒《ほ》め讃《たた》える瓦版がお涼の家の庭に落ちていたことを思い出したのだろう、

「お涼はどうも苦労性でいかん」

ふうとやや疲れたため息をついて、

「わかった、明日、明後日と遠田屋を休業させるのは止《よ》して、仕事探しに来る者たちも徹底して調べることにする。明日から田端《たばた》と松次《まつじ》、南の伊沢蔵之進《いざわくらのしん》に調べさせるゆえ、急ぎ書くものを頼む」

三人に宛《あ》てて筆を走らせ、使いの者たちを番屋と蔵之進の役宅へとやった。

季蔵は肉醤《ししびしお》を入れた容れ物、漬《つ》け汁とウリボウ肉が入った瓶《かめ》、鍋島の皿を風呂敷で包んで、烏谷と共に遠田屋へと向かった。

まだ陽は落ちておらず、遠田屋の広い構えの明るい店先は仕事探しの人たちで溢《あふ》れている。

「浮き世はままならず、お仕事選びは気骨の疲れるもの、どうか、一服なさってくださ い」

手代と思われる三十歳ほどのお仕着せ姿の男が、入ってくる人たちに声を掛けて、煎茶と有明屋《ありあけや》の茶饅頭《ちゃまんじゅう》を配っている。

「至れり尽くせりですね」

思わず季蔵が洩らした。

すると、烏谷の口が季蔵の耳に近づいてきて、

「茶と饅頭も口入れ料に入っておるのだぞ。それに遠田屋は茶を売る店や饅頭屋も持っておる」

虫の唸《うな》り声ほどの小さな声で囁《ささや》いた。

四

遠田屋近兵衛は年齢《とし》の頃は四十五、六歳、でっぷりと太った赤ら顔で、大きな体軀《たいく》に似ず、神経質なのか始終、目をぱちぱちさせ、ぴくぴくと眉間《みけん》の痙攣《けいれん》が止まらず、耳でも悪いのか、割れるような大声で話した。

「わざわざお奉行様にまでお運びいただいた上、拙宅《せったく》にお泊まりいただき、お調べお守りいただけるとは有り難き幸せでございます。どうか早く疾風小僧翔太なんて者を捕まえてくださいませ」

烏谷を前にしているので一応言葉遣いは丁寧だが、その憮然《ぶぜん》とした顔はにこりともしていない。

「わしまでこうして詰めているのだ。まあ、大船に乗った気でいてくれ」

烏谷はわはははと笑って大きく頷いた。

二人は青瓢簞《あおびょうたん》に似た顔の大番頭佐平に別棟へと案内された。

「ここかあ――」

烏谷は目を瞠った。

店の裏手に建てられている二階建ての別棟は仕切りのない板敷きで、四隅にふかふかの布団と夜着が積まれている。早々と布団を敷いて眠っている輩《やから》もいるが、壁に背をもたせかけて、ぼんやりしていたり、店の入り口でもてなされた茶の入った湯吞《ゆの》みを啜《すす》り、茶饅頭を食べている者たち、煙草《たばこ》をくゆらしている男たちが先客であった。

「旅籠《はたご》と間違えたぞ。わしたちもあの者たちと一緒にここで起居するのか？」

烏谷に見据えられた佐平は、

「申しわけありません」

一瞬狼狽《うろた》えた。

「あの者たちは何だ？」

「仕事をお探しのお客様の中には、店賃《たなちん》が払えず住まっているところを追い出されて、夜、寝るところもない方々もおいでです。遠田屋では、そんな方々を賄《まかな》い付きで仕事が決まるまでお泊めしているのです。旦那様の慈悲の心の表れでございます」

今度は淀《よど》みない口調で応えた。

「ここにいる男たちはどの者もせいぜい年齢がいってても三十路《みそじ》で若いな。年寄りはいない。わしがここでは最年長だろう。ところで気になる二階は若い女たちばかりか？」

烏谷がにやりと笑うと、

「左様で」

佐平はさらりと相づちを打った。

「二階を見てみたい」

「殿方は立ち入らぬことになっています」

佐平は気色ばんだが、

「まあ、いいではないか。ここではわしは長老なのだし、野郎ばかりの眺めだけではつまらない」

烏谷はみしみしと音を立てて階段を上がり、季蔵も従った。

上り終わって、障子を開けると脂粉の匂《にお》いが鼻を掠《かす》めた。布団と夜着が四隅に積まれているのは階下と変わらないが、板敷きではない畳の中ほどには、桜を形どった幾つもの煉り切りが、高坏《たかつき》に盛られていて、飲み放題の甘酒も添えられていた。

それればかりではなかった。

若い女たちは順番に湯殿へと続く別階段を行き来して、髪を洗い肌を磨いている様子なのである。壁側には何台かの鏡台があり、髪を梳《す》いたり、結ったり、備えられている脂粉や紅を使っている者たちもいた。虚無の雰囲気が漂っていた男たちの階下とは異なり、布団を敷いて横になっている女などおらず、焚《た》かれている香の伽羅《きゃら》の匂いと共に、曰《いわ》く言い難い熱気が籠《こ》もっている。

「ここに限っては旅籠というよりも、遊里だな」

烏谷が洩らすと、

「そもそも見た目の良し悪しで稼ぎが大きく違うことも多い女の方の仕事は、男とは違いますし、とかく、こうして女ばかり集まってしまうと、互いの見た目を競い合わずにはいられないようです。男のわたしにはわかりかねる、女ならではの性《さが》でしょうか」

佐平は落ち着いた物言いで巧みに躱《かわ》した。

「そろそろ夕餉の支度をせねばならぬのだろう？」

烏谷はその話を打ち切って季蔵に話しかけ、

「わしも手伝おう」

用意してきていた襷《たすき》を取り出した。

「お願いします」

季蔵が頭《こうべ》を垂れると、

「お奉行様にお手伝いなどさせては――」

冷や汗を額に滲《にじ》ませている佐平を、

「疾風小僧翔太は最上の牡丹ずしを盗むと豪語している。わしが見張らずして誰が見張るというのだ？　さあ、厨へ案内してくれ」

襷掛けをした烏谷は理路整然と説得した。

三十畳はあろうかという厨に入ると、塩梅屋から運ばれてきた石窯が土間の中央に鎮座していた。

「ここはわしたち二人でやる」

烏谷は言い切って、そこに居たこの家の料理番や手伝いの者たちを人払いした。

――実は一刻も早く、これを見たかった。これが無事に運ばれてきていなければ、ウリボウ肉は焼けず、最上はおろか、普通の牡丹ずしさえ拵えることはできない――

季蔵はつぶさに石窯の様子を見て、

――よし、大丈夫だ。石とて弾みで割れることもあるゆえ、気になっていた。割れた箇所によっては火の廻《まわ》りが悪くなって、今までのようには焼けなくなるのだから――

「万事、ぬかりなく」

晴れやかな声で告げた。

「そうか、よかった。石窯造りを極めたという石工を雇ったのだから、難儀なことにはならぬとは思ってはいたが多少は案じていたのだぞ」

烏谷は安堵のため息をついた後、

「わしとて飯くらいは炊ける」

酢飯のための飯炊きを引き受けた。

最上と並みの牡丹ずし、各々漬けダレこそ異なるが、焼き方は変わらないウリボウ肉の石窯焼きはもちろん季蔵の仕事である。

「うちの厨の者にも手伝わせましょうか」

佐平が顔を覗《のぞ》かせると、

「断る。疾風小僧翔太が手伝いの皿洗いに化けていないとも限らぬからな」

烏谷は一蹴《いっしゅう》した。

こうして、暮れ六ツ（午後六時頃）には最上、並みとも牡丹ずしが出来上がった。

遠田屋近兵衛の好みなのだろう、全《すべ》ての調度品に塗られている金粉のせいでぱっと明るいものの、男女が睦《むつ》み合う枕絵《まくらえ》に近い画《え》ばかりを集めたやや品位を欠く客間に、季蔵は鍋島の角皿に載せた最上の牡丹ずしを膳に載せて運んだ。

先に厨を後にした烏谷が上座に座っている。

「まあ、こちらへ来ぬか」

形ばかり、上座の下に控えている遠田屋のために隣りを空けた。

「そうですな」

紋付き羽織袴《はかま》姿の遠田屋は当然のことのように烏谷の隣りに座った。

「どうぞ」

季蔵は遠田屋の前に膳を置いた。

「それでは」

遠田屋は箸《はし》を取って最上の牡丹ずしを口に運びかけた。この一瞬、烏谷と目が合い、相手がごくりと生唾《なまつば》を呑《の》んだことに気がついてか、ふふっと微笑《わら》いかけた遠田屋は、

「お奉行様にも箸を――」

季蔵に命じた。

――ふん、見え透いておるわ――

烏谷の目が苛立《いらだ》ち、

「わしにかまわず堪能《たんのう》してくれ」

辞退の言葉を洩らした。

「それでは遠慮なく」

最上の牡丹ずしが遠田屋の口の中に消えた。そのとたん、

「あっ」

一つ食べて目の当たりにしている枕絵の男女にも似た愉悦のため息がその口から出た。

「ああっ」

「あああっ」

「あ――あああ――っ」

「あああ――ああっ――」

最上の牡丹ずしも昼売り同様五つであった。

「美味い、美味すぎる。まだこの角皿には旨さが残っている」

遠田屋はうっとりと鼻を近づけ、

「ふーっ、あーっ。しばし失礼」

犬のようにぺろぺろと舐《な》めとりかねない様子で、猪と萩が描かれた有田焼の鍋島を手にして客間を出て行った。

半刻が過ぎても戻っては来ない。

「旨さが女の肌にも勝る子守歌にでもなって、あやつは眠ってしまったのだろうか？」

烏谷は首をかしげた。

「大番頭さんに訊いてきます」

季蔵は客間を出て種々の帳面のある帳場へと急いだ。

——なにゆえ、佐平さんは主の念願だった、最上の牡丹ずしを食する場にいなかったのだろう——

それも気にかかっていた。

「大番頭さん？　旦那様が何でも牡丹ずしの中の牡丹ずしを召し上がるという、客間に一緒にいたとばかり——」

狐《きつね》に抓《つま》まれたような顔で告げた手代の一人は、

「そういえば、先ほど、旦那様がわたしたちにと、牡丹ずしをくださいました。皆たいそう感激して美味しくいただきました。昼時に早めに列に並びさえすれば食べられるかもしれない、人気の牡丹ずしに憧《あこが》れてはいても、わたしたちはとにかく忙しいので叶《かな》わぬ夢だったんです。それを実は旦那様はわかっていて労《ねぎら》ってくださすったんです。有り難いことです。それにしてもこの世にあんな美味いものがあるなんて——」

流れかけた涎《よだれ》を手の甲で拭《ぬぐ》った。

五

それからしばらく季蔵は佐平を探し廻ったが見つからなかった。

別棟の二階にも下にもいなかった。下の階の男たちは無言で首を横にしただけだったが、上の華やいだ女たちから、

「あたしたち、お腹空《なかす》いているんですよ」

「評判の牡丹ずしはまだ？」

「ここの旦那様が二日続けてご馳走《ちそう》してくれるっておっしゃったんですけど」

「早くしてくださいよ」

「あんた誰？　佐平さんによくよく言っといてくださいよ」

季蔵は口々に不満をぶつけられた。

――お奉行様を通じて頼まれた並みの牡丹ずしは三十人いる奉公人の数の分だけだ。この女たちも入れると五十人分要る。焼いたウリボウ肉の一塊から取れるネタは、せいぜい三十三、四人分しかない。主が頼み忘れたのだろうか？――

季蔵が頭を抱えて客間に戻ると、

「近兵衛が戻って来た。このまま眠るそうだ。眠ったら、美味い夢を見ることができるかもしれないと言っていた。佐平のことを訊いたが、〝そういえば見かけませんね〟と素っ気なかった。美味い物へのあくなき欲でわかるように、自分の心地良さ以外、人の心配な

どせぬ奴なのだろう。わしもせいぜい気をつけねば」

　烏谷は呆《あき》れつつ神妙な顔で言った。

　するとそこへ、

「お邪魔いたします」

　やや低い女の声がして、片側のこめかみに湿布を貼《は》った年配の女が入ってきた。

「女中頭のうめと申します。牡丹ずしを食べさせろって、別棟の二階の女たちが厨に乗り込んできています。旦那様と約束した、大番頭の佐平さんもわかってるって、もう、大変な剣幕です。旦那様に直《じか》に確かめるって言い張ってます。お休みになってる旦那様を起こしたら、あたしら、大目玉を頂いてしまいますからね。佐平さんも雲隠れしてるし、どうしたものか、困り果ててるんです。あの女たちときたら、もうきいきいきいきい。あたしはそのきいきいに弱いんです。あたしが料理したいつもの夕餉《ゆうげ》を出したら、また、きいきいでしょ？　塩梅屋さん、何とかなりませんか？」

　おうめはこめかみの湿布を押さえてため息をついた。

「今日の夕餉の菜に使う品は何です？」

「特に聞いてないんで、あり合わせで作ることになります」

「いつも夕餉はどんなですか？」

「どこのでも同じでしょうけど、特別なものを召し上がるのは旦那様だけです。あたしたち奉公人は朝、昼、晩と変わらず、一汁一菜。たいていが麦飯に薄い味噌《みそ》汁《しる》、漬物で、菜はあったりなかったりです」

「旦那様一人分だけを作ると残りが出るでしょう？　それはどうしているんですか？」

「毎晩遅くに残飯屋が来て引き取っていきます。売るのは佐平さんの役目です」

「今日、引き取ってもらう手はずのものは何ですか？」

「旦那様は昨日、鶏鍋《とりなべ》を召し上がりたいとおっしゃったので、鶏屋に潰《つぶ》して届けてもらった鶏と三つ葉の残りです」

――鶏の残りがあるなら、何とか、形をつけられるかもしれない――

季蔵は先代に連れて行ってもらったことのある、江戸の鶏料理の祖と言われている老舗《しにせ》の名店鷹屋《たかや》を思い出していた。

――あの店では鶏の旨さが極められていた――

「見せてください」

季蔵は立ち上がると、おうめと共に厨へ向かった。

おうめは毛を毟《むし》られた裸の鶏を俎板《まないた》の上に置いた。その鶏には二本の足が無い。胆の類《たぐい》は別に蓋《ふた》付きの容れ物に分けられていた。

「おや、ほとんどが残っているではありませんか？」

「旦那様は腿《もも》の肉しか好まれませんので」

季蔵は鍋の並んでいる棚へと歩いて軒並み蓋を開けて廻った。

「これは何です？」

「旦那様の鶏鍋の残り汁です。さすがに汁物は売り物にはなりません。勿体《もったい》ないと思って、こうして残してはおくんですけど、最後には諦《あきら》めて捨てます。一度佐平さんと残飯屋が温めてお茶代わりに飲んでましたけど、梅干しみたいに顔を顰《しか》めてました。それから二度とそんなことはしないんですから、きっと嫌な臭《くさ》みがあるんでしょうね」

鍋に鼻を近づけたおうめは眉を寄せた。

——しかし、たしか、鷹屋では鶏鍋の最後に食べた雑炊《ぞうすい》が鍋よりも美味かったのだが

「葱《ねぎ》と生姜《しょうが》はありますか？」

「はい、いくらでも」

「夕餉はこれを使った料理を作ります」

季蔵が鶏に目を落とすと、

「ああ、でも、これは残飯屋への売り物ですから。佐平さんが旦那様に言いつければ、あたしたちは旦那様から叱られてしまいます」

おうめは不安な様子になった。

「あなたたちはすでに、牡丹ずしで夕餉をすまされたのでしたよね」

「ええ、もう、もう、美味しすぎて——」

舌に蘇《よみがえ》った感動でうめは言葉を継げなかった。

「それでは今日の夕餉は、別棟の男女たちとわたしたちのぶんだけでいいわけですね。鶏

の全部を使わず胸肉とささ身だけで足ります。骨付きの腿の旨味が出ている汁があるので、これを主に使った料理を作ります。骨はこのまま残ります」

季蔵は言い切り、

「よかった、叩いて身の肉と合わせる料理があるっていう鶏の骨や、滋養があるはらわたの類はそこそこ人気があるそうで、残飯屋に喜ばれるんですよ」

おうめはほっとした顔になった。

「それじゃ、あたしはこれで。よろしくお願いしますよ」

おうめが出て行くと季蔵は早速取り掛かった。まずは以前、鷹屋で食べた雑炊の汁を再現してみることにする。

主が残した鶏鍋の汁を火にかけ、ぶつ切りにした葱と薄切りにした生姜をたっぷりと入れて煮立たせた。

小皿にとって味を見てみる。

――おかしい――

舌の上に感じられた味は、最初は葱で次に生姜、最後に鶏の生臭さがつんと来た。

――どうしたのだろう？――

焦った季蔵の額に冷や汗が噴き出した。鍋の汁はこれしかないのだから、失敗は許されない。

――どこが悪かったのだろう？――

しばらく立ち尽くしていると、

「ここに居たのか、探したぞ」

再び襷を掛けた烏谷が入ってきた。

「女中頭に聞いた。残り物であのうるさい女たちの夕餉を作るのを引き受けたそうだな。それにしてもわしたちまで残り物とはな。何とも切ない話だが、面白い。思ってもみない美味いものと出合えそうだ。まさにそちの腕の見せどころではないか。それにしては、浮かぬ顔だな」

烏谷は笑顔で案じた。

「実はそれが――」

季蔵が事情を話すと、

「ふーん、どれどれ」

汁を味わってみた烏谷は、

「なるほど後口に少々臭みが残る」

「そうなのです」

「しかし、思い詰めるほどのことはない。このわしが居る。わしは役得で何度も鷹屋の鶏鍋の後の雑炊を食うておるゆえな。まず、あれは鶏鍋のすぐ後に振る舞われる。このように冷めた汁を温めるのではない。鳥獣肉の汁は冷めると、何とも悪く臭《にお》いがちだ」

「温め直してもこの手の臭いは消えぬものです。ですので葱と生姜で臭みを消そうと思い立ったのです」

　季蔵は鍋いっぱいに広がっている葱と生姜を見据えた。

　すると烏谷は、

「鍋が小さすぎる、これではせっかくの旨味が殺されてしまう、いや、蓋がされてしまっているというべきか――」

　言い放ち、

「わかりました」

　気がついた季蔵は棚から一番大きな鍋を取って、葱と生姜で汁気が少なくなっている鶏鍋の残り汁を移した。

　急いで井戸へと走り、盥《たらい》に水を用意すると、火にかけた鶏鍋の残り汁の入った大鍋に、味を確かめつつ、水を足していった。これでよしと得心したところで、

「お願いします」

　烏谷に味見を乞《こ》うた。

「よい味だ。葱と生姜で完全に臭みが切れている。というか、臭みが旨味に変えられている。まさに万物は水により蘇るとはこのことだ。今宵《こよい》は先ほどしめたっと思った通り、鷹屋のとはまた一味違う、鶏鍋汁めしにありつける、口福、口福――」

　烏谷は知らずと大きな目を細めていた。

　この後は酒が振りかけられて風味よく、柔らかに蒸された鶏の胸肉とささ身が千切りに

された。炊き上がったばかりの飯に元は鶏鍋の残り汁だった汁がたっぷりとかけられ、千切りの鶏肉と刻んだ三つ葉が載せられる。好みで薬味に山葵《わさび》を用いる。

こうして、苦心した鶏鍋汁めしは別棟の男女たちにも供されることになった。

「貧しさ、窮迫ゆえにいずれどこぞの遠国へ叩き売られるであろう別棟の男女たちは、騙《だま》されているとはいえ、今だけが一時の休息で、特に女たちなどは、ああして後のない極楽を味わっているのだ。それを女ならではの勘の良さで感じているのか、文句も歯止めがきかない。女たちが牡丹ずしではないと文句を言い続けるとめんどうだ。この料理の謂われをわしの言う通りに一筆書いておけ」

「はい」

季蔵は烏谷に言われるままに以下のように書いた。

鶏鍋汁めしは時の上様が鷹狩りの後、召し上がったと言われている伝説の料理にて、牡丹ずしに勝るとも劣らない絶品である。

塩梅屋敬白

「この謂われは本当ですか？」

季蔵が訊くと、「方便、方便。だがあの鷹屋の先祖が将軍家の鷹匠《たかじょう》だったのは真だぞ」烏谷はここへ来てから初めてわははと大笑いした。

六

その夜、烏谷と季蔵は別棟の階下で男たちに交じって寝ることになった。

男たちの何人かは、侍の形《なり》をした烏谷を訝《いぶか》って敬遠しそうになった。

「形ぐらいらしくないと大道芸で客が集まらんからな。無理をしてこの姿でいるがずっとその日暮らしだった上に、大食いも禍《わざわい》して内職で助けてくれていた女房に逃げられ、長屋も追い出された。これでも禄《ろく》を食《は》んでいた昔もあったのだがな、今となってはもう夢昔のことだ。ここでは、しばらく休ませてくれる上に、跡継ぎがいなくて困っている西国の道場主にと世話をしてくれるという。腕には覚えがあるとはいえ、わしはもういささか年齢で——。わしにとってここの店主は地獄に仏だ」

烏谷は得意の出任せを披露し、

「知り合いの誘いに乗ったのがいけなかったんです。賭場《とば》通いでせっかく小商いで築いたささやかな貯《たくわ》えまで注《つ》ぎ込んでしまいました。ここでいただく前金で博打《ばくち》の借金を返しませんと簀巻《すま》きにされてしまいます。それでここへおすがりに来たのです。たまたま一緒に戸口に立ったこのお方とは意気投合して——」

季蔵も調子を合わせた。

「袖振り合うも何かの縁よな」

烏谷がにこにこと笑顔を向けると、男たちの顔もいつしか綻《ほころ》んで、

「ここにいる連中は若くてもみんな苦労してるんだ」

「そうじゃなきゃ、ここに厄介になっちゃいねえよ」

「有り難い、有り難い」

「今日の夕餉は美味かったしな。昔とはいえ上様と同じ飯だっていうし」

「でもよ、普段の飯は不味《まず》いな」

「そんなことぬかすと罰が当たるよ」

「そうさね、雨露凌《しの》がせてもらってる上に、江戸を離れさえすりゃあいい奉公先や仕事に就《つ》かせてくれるっていうんだから。やっぱり有り難いやね。飯の文句なんて言えた義理じゃねえ」

和気藹々《わきあいあい》と時が経《た》った。

「ともあれ、今日は何事もなくてよかった」

烏谷はそっと季蔵の耳に呟くと、瞬時に高鼾《たかいびき》で寝入った。季蔵の方は、

――大番頭の佐平さんは戻ったろうか？　出かけていたとしたら、どうして行き先を誰も知らなかったのだろう？――

拘《こだわ》り続けてうとうとできたのは明け方近くであった。

翌朝、おうめが昨夜の鶏鍋汁めしの礼を言いがてら、麦飯に葱の味噌汁、沢庵《たくわん》の朝飯を若い女中と一緒に運んできた。

「ほんとうに昨夜は有り難うございました。おかげでわたしもすっかり――」

笑顔を向けてきたおうめのこめかみから膏薬《こうやく》が消えていた。

「佐平さんは帰ってきましたか？」

季蔵は気にかかっている。

「いいえ、まだ」

「あるのですか、佐平さんにこういうこと――」

「まあ、大番頭ですからね。うるさいことは言われませんので、時折は朝帰りですよ、佐平さん。酷《ひど》い時は昼帰り――」

「旦那様は咎《とが》めないのですか？」

「とにかく秀でた男なんですよ、佐平さんは。この遠田屋は佐平さんが支えてるようなものです。あの年齢で白鼠《しろねずみ》ですから無理もありません」

おうめは意味深な表情で片目をつぶり小指を立てた。白鼠とは女房を貰わずに、商家への住み込み奉公を続け、独り身で一生を終える忠義者のことであった。

「あっ、いけない、駄目」

おうめは二人の前に膳を置こうとした女中を止めた。季蔵は廊下から女中たちの運んでいる膳は、階下の男たちは黒、上は赤でそもそも膳の色が異なっていることに気づいていた。

膳から漂う匂いも異なっている。赤の膳が運ばれている方からは、焼き魚と卵焼きのよい匂いがしていたが、黒の方からは麦飯特有の匂いしかしていない。

麦飯に萎《しな》びて黒ずんだ葱の味噌汁、古漬けを通り越してつんと来る臭いの沢庵だけが朝餉の菜であった。

「後で味噌汁だけ、昨夜のお礼にせめて卵を落としたのと取り替えます」

おうめに耳元で囁かれた季蔵は、

「これで結構です、かまいません」

低めた声で断った。

もっとも、季蔵の隣りの膳についた烏谷は、

――たまらん、たまらん――

しきりに目で不満を放ちつつも他の男たちの手前、食べきった。季蔵も黙々と平らげ、それでも箸を置いた時にはほっとした。

草の味しかしない粗悪な茶だけは飲み放題だったが、それならまだ井戸の水の方がましで、示し合わせた二人は井戸へ走って何度も釣瓶《つるべ》と柄杓《ひしやく》を使った。

季蔵が大番頭の佐平が帰っていない旨を伝えると、

「この店を仕切っておるならば給金も相応で、妾宅《しようたく》を持つこともできようぞ。ここまでの大店《おおだな》なら、忠義は稼ぎゆえ、主も内々のことはお構いなしということで、その手の大番頭がいてもおかしくない。今頃、年甲斐《としがい》もなく、昨日からの励みで疲れ切り、臍《へそ》を空に向けて眠っているのだろうよ。案じることはない」

烏谷はわははと大笑いで応えた。

烏谷が呼び寄せた田端宗太郎と松次、蔵之進の三人はすでに遠田屋の客間で待っていた。

当初は店を閉めて疾風小僧翔太に内通している者を、奉公人たちの中から探すのが目的だったが、季蔵の意見で仕事をもとめに来る客たちも調べることになっている。

「わしも調べに加わるゆえ、そちも頼む。一人一人控えて残しておくように」

こうして五人はそれぞれの分担を決めた。

「別棟の階下の男たちは昨夜、済ませてある」

田端と松次は別棟二階に滞在している女客たち、烏谷は遠田屋の奉公人全員、蔵之進と季蔵は仕事をもとめに来る客たちを店を上がってすぐの部屋に呼んで、疾風小僧翔太が市中に現れてからの行動を訊き糺《ただ》すことになった。

「おき玖に持たせてくれた牡丹ずし、あれはしごく美味かった。常々食したいと思っていたのだ。礼を言う。おかげで――」

蔵之進は続けかけて顔を赤らめた。

――常々？　たしか蔵之進様は夜更けておいでになり、牡丹ずしを食していったことがあったはずだが――。それを忘れるほどの悩みを抱えておいでなのか？――

季蔵は気掛かりになった。

「何か？――」

「いや、このところ、おき玖の様子が常と異なり、妙に陽気だったり、意味もなく落ち込んだりで案じている。錦水堂の源氏物語にちなんだ蒸し羊羹を三日にあげず買いに行き、近所の者たちにも振る舞ったりする」

「瑠璃にもいただきました」

季蔵は頭を下げた。

「源氏物語に出てくる女たちはほとんどが薄幸だ、たまらないと言いつつ、嫉妬《しっと》の念で取り殺される源氏の想い人夕顔《ゆうがお》や、嫉妬の炎を燃やす正妻葵の上の名がついた蒸し羊羹をもとめてきて食べている。気の病ではないかと心配で医者に診《み》せたいのだが、おき玖が医者は皆、悪徳だったあの稲村広海《いなむらこうかい》と同じだと言い張って、承知しない。どうしたものか――」

「まずはお涼さんに訊いてみてはと思います。お涼さんなら女の人の心と身体に通じていて、お嬢さんとも親しく、話を聞いて、必要ならお医者様に診ていただくことを承知させられるはずです。それと、瑠璃を診てくれているお医者様はとても良いお医者様ですのでご紹介もできましょう」

――お嬢さんは以前から粳米《うるちまい》の蒸し羊羹がお好きだった。蔵之進様がこれほど案じる程ではないと思うが――。それほどお嬢さんを大事に想われているということなのだろう。

これは一種の惚気《のろけ》だな――

季蔵は思わず微笑みが込み上げてきて、慌てて俯《うつむ》くと、

「よろしく、頼む」

蔵之進も同様に頭を垂れた。

「入ります」

客の一人が障子を開けた。

一人、また一人と客たちは名乗り、こちらの問い掛けに応えて部屋を出て行く。

遠田屋を訪れた理由《わけ》は男女を問わず、どの客たちも、〝遠方へ行かされるが若く元気ならば間違いなく、いい銭が稼げると噂に聞いている〟と答えた。

――客たちの中に疾風小僧翔太が混じっているとしたら、店の者と親しくなって店や主の内情を探るために、何度か訪れているはずだ――

すでに季蔵は過去の帳面を出させて、二度、三度と訪れている仕事をもとめに来た客たちのその後を調べてみていた。

何度か訪れる客たちは、示される稼ぎの額に当人が不満であり、店側もその不満を解消できる奉公先を見つけようとしている相手ばかりであった。

ようは少々賃金を上積みしても、元が取れると遠田屋側が踏んで、頼んできている奉公先と交渉できるような者に限られていた。

客たちの様子も書かれていて、例えば若い女なら〝磨けば光る玉〟であるとか、男なら〝屈強な体軀《たいく》の持ち主〟等でないと、何度もの相談には乗ってはいない。

帳面にはそのような者たちの落ち着き先まで、遠国、西国等と極めて簡単ではあったが几帳面《きちようめん》に記されていた。

ここ半年ほどの間に奉公先の決まらなかった例は一例もなく、たとえまことしやかに職をもとめてきても、冷やかしと書くか、空欄にするしかない疾風小僧翔太らしき者が訪れた証は見当たらなかった。

七

「ここへ来るのは今日が初めてですか？」

季蔵は仕事をもとめて来た客たちに向けて必ずこの問いを怠《おこた》らなかったが、

「もちろん、初めてです。ここはとにかく、繁盛《はんじょう》していて、思い切ってこの場で決めないと、何度もは相手にしてくれないと聞いています」

一番初めに入ってきた若い男が緊張した面持《おも》ちで応え、以後、皆、似たような応えを返してきた。

ただし、四十半ばを過ぎた年配の男は、

「その年齢で足を引きずってりゃ、遠方へ行くなんていう無理はできなかろうって、さっき店の人に言われましたよ。ありませんかね、棚吊《たなづ》りなんかのちょいとした大工仕事。これでもちょいと前までは、評判のいい大工だったんですから。うちはまだ子どもが小せえんだ、このままじゃ干上がっちまう、お願いしますよ」

と懇願した。

必死で二人の前に這いつくばり、濃いめの化粧で精一杯身繕《みづくろ》いをしてきたものの、島田に結った髪に白髪が目立つ大年増《おおどしま》は、

「惚《とぼ》けて年齢の数え間違いをしてるんじゃないかって言われたわ。あたし、奉公してた料理屋が潰れる前は仲居頭だったんですよ。高級料理屋の仲居を束ねる仲居頭はね、気働きが命なんです。これができれば、年齢をとった女にだって、使い途《みち》はあるはずですよ。それで遠国は気が進まないけど、暖かいとこなら行ってみてもいいなって思ってここへ話しに来たんです。なのに、あんなことまで言われて――。馬鹿にしてる。口惜《くや》しいし、酷《ひど》すぎる」

ひたすら憤懣《ふんまん》をぶちまけて涙ぐんだ。

季蔵と蔵之進は言葉もなく、二人を見送った。蔵之進は、

「とことん浮き世は年寄りに優しくないな」

ふと洩らし、季蔵は手控帖《てびかえちょう》に年配の男女の名を書いて、〝年配ゆえもあるが、十中八九、疾風ではあり得ない〟と記した。

昼餉は客間に用意された。膳の中身は葱の味噌汁がワカメに変わっただけで朝餉と変わらない。冷めた麦飯の匂いは食欲を減退させる。

集まった五人は、酒の代わりに湯冷ましをおうめに言いつけて湯呑みで呷《あお》り続けた田端のほかは、松次が一瞬顔を顰めただけで、ただ黙々と箸を動かして残さず食べきった。

「まあ、ここは塩梅屋ではないのだから仕方がない」

烏谷は膳を前に押しやって皆の代弁をすると、

「これから各々の控えを回し読みしながら、調べたことを話してくれ。すでに別棟の二階

は終わっておろう？」

　まずは田端たちを促した。

「調べの胆は喉仏《のどぼとけ》でした。もっともこれは疾風小僧翔太を男と見做《みな》してのことです。わたしはかように信じています。喉仏のある女は一人もおりませんでした。女たちは皆浮ついていて、化粧に熱心でしたが、疾風小僧翔太ではありません」

　田端はきっぱりと言い切った。

　季蔵たちの調べでは、

「怪しい者は見かけませんでした。ただ、何日か前、三日続けて、茶と茶饅頭だけ飲み食いして帰ってしまった客がいると手代に聞きました。その時の手代はたいそう大番頭に叱られて暇をとらされたそうです。今度その客が来たら、必ず留《とど》めておくように申しつけてあります」

　蔵之進が告げた。

　自分の番になった烏谷は、

「各々、順番が来ると仕事をしばし抜けてきての調べだったが、この店の奉公人を調べ終えた。不審な者はいなかった。ただし、戻ってきていない大番頭はまだだ。とはいえ、わしはあの者にはすでに会っている。心の裡《うち》のわからぬ奴という感じはあるが、人を銭にかえる人非で冷酷無比な稼業ともなれば、主を支えてここまでの財をもたらした大番頭にはとかくありがちな質《たち》だろうとも思う。奉公人たちの中にも疾風小僧翔太はいない」

ずばりと言ってのけた。

「となると、食い逃げしたってえ、そいつが一番怪しいやね」

松次が言い当てたところで、廊下が騒がしくなった。

「失礼します」

障子が開けられると蔵之進が話を聞いたという手代が立っている。その後ろには、小僧二人に両腕を左右から押さえつけられている男がいた。

季蔵は捕らえられてもがいている相手の顔を見て驚愕《きょうがく》した。

「篠原様」

諸国料理の本や瓦版への寄稿、連載等で身すぎ世すぎしている、最上の牡丹ずし誕生のきっかけとなった肉醬を季蔵に授けてくれた、あの篠原裕一郎がそこにいた。

「ああ、よかった」

季蔵の顔を見た途端、篠原の青ざめていた顔に血の気が戻った。

「わたしが疾風小僧翔太だって決めつけてきかないんですよ。とんでもない。わたしがあんな大それたことできるわけないでしょうが。季蔵さんならわかってくれますよね。皆さんに話してくださいよ。お願いしますよ」

季蔵は篠原裕一郎との出会いや関わりをつぶさに話した。

ここでやっと、ぶら下がるようにしがみついていた小僧たちから解放された篠原は、やれやれと嘆息しつつ、

「失礼します」

客間に入って下座に座った。

「季蔵とそちとのことはよくわかった。だが、どうして、ここへ通ってきて、三度も茶と茶饅頭を飲み食いしていたのかの理由がわからない。食に拘る者ならば、ここの茶や茶饅頭は不味くて口に合わぬはずだ」

促された篠原は、

「独り身ゆえ、ある夜、空いた小腹をおさめるために、夜鳴き蕎麦《そば》の屋台に立ち寄ったところ、〝うちの旦那様がね――〟という、遠田屋のお仕着せ姿の奉公人たちの話を耳に挟みました。〝うちの旦那様がね――〟という、遠田屋のお仕着せ姿の奉公人たちの話を耳に挟みました。遠田屋さんは最上の牡丹ずしを、破格値で塩梅屋さんに頼んでいることがわかったのです。ぴんと来ました。わたしが季蔵さんに肉醬を届けたのはたまたまでしたが、たぶんあれが使われるのだろうとね。この経緯《いきさつ》を季蔵さんがわたしに話してくれなかったのは、有り難いお客様である遠田屋さんへの配慮だとは思いましたが、わたしとしては是非とも大金持ちのご主人が最上の牡丹ずしを召し上がる様子を見てみたくなりました。版元に誰とは言わずその話をしてみたところ、〝そりゃあ、先生、いっそ、あることないことの大法螺《おおぼら》を付け足して、読本《よみほん》にしたらどうですか。儲かってるとこほど、叩けば幾らでも埃《ほこり》が出るっていうから、お調べなさいよ、しっかりと〟なぞと意外な真顔でしたから。わかってくださいよ、わたしだって食べていかなきゃならないんです、今だけじゃなしに、これからずっと先のことも考えませんとね。そのためには泥水くらい幾らでも飲みますよ」

すがるような目で五人の顔を順番に見つめ、そのたびに目礼を欠かさなかった。

「つまり、ここへ忍び込んで調べようと考えたのだな。しかし、忍び込みは罪になるのだぞ」

蔵之進が一喝した。

「三度ここへ来た後、一度ちらっと覗《のぞ》いたことがありました。その際、親切にしてくれた手代さんの顔がなく、庭を掃いていた小僧さんに訊いたところ、暇を取らされたと知って、忍び込むのは諦めました。わたしに振る舞ってくれた只《ただ》の茶と茶饅頭が理由でしたから、何ともケチな話です。そうなると、ここで何とも理不尽な想いが募《つの》って遠田屋へと向きました。版元が言ってた叩けば埃というのもいい加減なことではないと思い、遠田屋についで仔細にこの目で調べて、売れる本にして世間にぶちまけたくなりました。それで今日は食い逃げではなく、篠原裕一郎と名乗るつもりでした。なのに、茶と茶饅頭が載ってる台の前を通ったとたん、いきなり飛び掛かられてこの始末です。主が最上の牡丹ずしを食べる様子を見せてくれたら、この店の大宣伝も兼ねた文を瓦版に書くからと、まずは、そう、悪くない話を持ち込むつもりでしたのに──残念──」

篠原は肩をすくめて大きなため息をついた。

「ケチはそちも同様と思う」

烏谷は呆れ顔になり、

——肉醤が奇跡を起こしたあの時、わたしがこの男に遠田屋さんからの注文の一件を話し、最上の牡丹ずし等の対価を分けようと申し出ていたら、こんなところで出会うこともなかったろうか？——

季蔵がいささか切なくも憂鬱《ゆううつ》になりかけた時、

「大変です」

もう一人の手代が障子があいたままの客間まで廊下を走ってきた。

「旦那様が、旦那様が——蔵でお亡くなりになっています」

「何と？　もう一度、申してみよ」

烏谷は相手に繰り返させた後、

「わかった、案内せよ」

一同を率いて蔵へと向かった。

遠田屋近兵衛は蔵の中ほどに倒れていた。手拭いを口に押し込まれ荒縄で縛られたまま、首を絞められている。首に赤い痕《あと》をくっきりと遺していて、

「わたしは骸《むくろ》を検《あらた》める医者ではありませんが、ツボは押さえているので、殺された時の見当はつけられます」

着ていたものを脱がせて褌《ふんどし》だけの裸にすると、さっとその全身に触れた蔵之進は、

「すでに死後ほどなくの固さではありません。死斑《しはん》もこれだけ出ているとなると、殺されて一日以上経っています」

季蔵は遠田屋が着ていたものを手に取って眺めた。

「これは昨日の夕刻、着ていた紋付き羽織袴とは違います。初めて会った時の大島紬《おおしまつむぎ》です」

「つまり、昨夜、牡丹ずしを見ている者が恥ずかしくなるほど、美味そうに食らった主はこの遠田屋ではなかったというのか？」

驚きと出し抜かれた怒りの余り、烏谷の両目は見開かれてぎらついた。

「昨夜からですと、まだ丸一日は経っていません。初めて会ったのは昨日の昼過ぎですので、あの時が生きていた遠田屋さんを見た最後ということになります。今はもう夕刻近くなので死んで丸一日以上、骸の状態とも一致します。昨夜の紋付き羽織袴姿の遠田屋さんはこの骸とは別人です」

「まさか、疾風小僧翔太？」

松次が思わず口を滑らし、田端は無言で両腕を組み合わせた。

「あり得ぬことではない」

烏谷は憮然《ぶぜん》とした。

「この家に他に蔵とか、物入れはありませんか？」

季蔵はそばでびくついている手代に訊いた。

「庭木の手入れをする道具をしまっておく、割に大きな道具小屋ならございます」

「そこへ」

季蔵たちは蔵から道具小屋へと移った。

道具小屋の壁面には、庭木を世話するための鋏《はさみ》の類と鍬《くわ》、鎌《かま》、鋤《すき》等がほぼ隙間《すきま》なく立て掛けられていたが、人一人が座れる程度が空けられていて、そこに以下のような紙に書かれた文が釘《くぎ》で留められていた。

疾風小僧翔太

前にお便り申し上げましたように、蔵にある千両箱と最上の牡丹ずし、しかと頂戴《ちょうだい》いたしました。

遠田屋近兵衛様

第四話　三吉パン

一

遠田屋近兵衛《えんだやきんべえ》の骸《むくろ》は番屋へ運ばれ、急ぎ呼ばれた牢医《ろうい》を兼ねる奉行所付きの医者が、両目に現れた点状の出血を指摘して、死の因《もと》は絞め殺されたこととされ、殺されてから一日は経《た》っていると断じた。

遠田屋近兵衛殺しの事実を話した烏谷《からすだに》は、

「忍び込みが未《ま》だであったゆえ、かまいなしとしようと思っていたが、こうなってはそちを自由にするわけにはいかぬな。話を聞いていたところ、そちは遠田屋に好ましい気持ちを持っていたとは思えぬゆえ――」

篠原裕一郎《しのはらゆういちろう》を番屋に留め置くことにした。未《いま》だ帰らずにいた季蔵《としぞう》、烏谷、蔵之進《くらのしん》、田端《たばた》、松次《まつじ》の五人は、

「どこの壁に耳があるか、わからぬゆえな」

警戒する烏谷が言い出して近くの空き店《だな》の一室で円く輪になって座った。すでに陽《ひ》はと

っぷりと暮れている。

「よいか、今より遠田屋殺しと関《かか》わって、昨日から起きた証《あかし》の立つ事実だけを整理してみよ」

烏谷は季蔵に命じた。

「昨日の昼少し過ぎに、お奉行様と共に遠田屋近兵衛に会いました。大番頭の佐平《さへい》も一緒でした。夕餉《ゆうげ》には佐平の姿はなく、最上の牡丹《ぼたん》ずしを堪能《たんのう》した主《あるじ》近兵衛は皿まで舐《な》めかねない様子で、皿を抱きかかえて寝所へと客間を出て行きました。その後は遠田屋殺しとは関わりのないことなので省きます。ただ、主はわたしに注文してきた最上の牡丹ずしに加えて、普通の牡丹ずしを奉公人たちに振る舞っていきます。実はこれは別棟の女客たちとの約束だったようです。そして、翌日の今日、篠原裕一郎が遠田屋を訪れ、さらに遠田屋近兵衛の骸が蔵で見つかり、道具小屋で疾風小僧翔太《はやてこぞうしょうた》の文を見つけたのです。本物の遠田屋は昨日の夕刻にはすでに殺されていて、そっくりの偽者《にせもの》が別棟の女客たちではなく奉公人たちに普通の牡丹ずしを食べさせ、当人は最上の牡丹ずしを賞味したことになります」

「たしか、疾風小僧翔太は遠田屋が食べても猫に小判だから、千両箱同様、代わりに自分が盗んで食べると書いてきていたな」

烏谷に同意をもとめられた季蔵は頷《うなず》いた。

「偽の遠田屋は疾風小僧翔太だったことになる」

季蔵の他の三人も首を縦に振った。

「問題は昨夜、偽の遠田屋だった疾風小僧翔太が本物の遠田屋を手に掛けたか、どうかだ。各々、気のついたこと、思うところを答えてみよ」

「はっきりしていることだけを申し上げます。道具小屋を調べましたところ、荒縄の細かな切れ端《はし》が見つかりました」

　蔵之進がまず口火を切った。

「道具小屋は庭道具を置いとくってえ、使い途《みち》の他に、二、三人で集まって、持ち回りで買ってくる、飴玉《あめだま》なんぞをしゃぶったり、駄菓子を食って愚痴をたれる所になってたと、手代たちには内緒にするからと田端の旦那が約束して小僧の一人から聞きやしたんで。鍵《かぎ》はいつも勝手口に置いてあったんだそうで。ってことは、誰もが遠田屋を閉じ込められるってことでさ」

　松次は抑えた声で告げ田端は頷いた。

「そちの思うところは？」

　季蔵が最後に問われた。

「千両箱と共に盗まれた昨夜の牡丹ずしに次いで、今夜拵《こしら》えることにして、仕込みを済ませていた最上のウリボウ肉もすっかり無くなっていました。これは間違いなく疾風小僧翔太の仕業だと思います。残っているのは石窯《いしがま》だけです。おそらく、疾風小僧翔太は石窯を持っているのかもしれません。それから一つ、申し忘れました。最上の牡丹ずしを盛りつけた、猪《いのしし》と萩《はぎ》が描かれた角皿もありません」

「皆、応《こた》えになっていないではないか。わしが訊《き》きたいのは、疾風小僧翔太が遠田屋近兵衛を殺したかどうかなのだぞ」

烏谷はいきり立った。

「今はまだわからないと思います」

今度は季蔵が一番先に口を開いた。

「どんな時でも、人殺しをしねえのが疾風小僧翔太じゃぁねえでしょうかね」

この松次の言葉を、

「疾風小僧翔太なら遠田屋を縛って手拭《てぬぐ》いを口に押し込んで、道具部屋へ閉じ込めておくだけで、遠田屋になりすまして最上の牡丹ずしを平らげることができます。今までの様子から、鍵など使わずとも錠を外せる技の持ち主でしょうから、千両箱も盗むことができたはずです」

蔵之進は遠回しに支持し、田端は無言で頷いた。

「そうか」

烏谷は同調したものの、うーむと唸《うな》って、

「ところで大番頭の佐平はどうした？」

矛先を変えた。

「まだ、見つかっておりません」

即座に田端は応え、

「芝《しば》の露月町《ろうげつちょう》の妾宅《しょうたく》や馴染《なじ》みの女将《おかみ》がいる一膳《いちぜん》飯屋にも行ってないんでさ」

松次が言い添えると、

「佐平は昨日、お奉行や塩梅屋《あんばいや》と会って以後、神隠しに遭《あ》ったがごとく、忽然《こつぜん》と行方《ゆくえ》をくらましたままということになります」

蔵之進が締め括《くく》った。

「佐平が疾風小僧翔太だったとは思わぬか？」

烏谷が季蔵を見遣《みや》ると、

「店の者に訊きやしたが、遠田屋が商いであれよあれよという間に、あそこまでのしあがったのはここ五年ほどのことで、佐平は雇われてから三年も経っていねえんですよ。佐平は夏でも絶対、腕を見せなかったそうです。妙に思っていた者もいたそうですが、何かの折に黒い二筋の入墨《いれずみ》が腕にあるのを見た奉公人がそのことを口にしたとたん、その頃《ころ》にはもう主にすっかり何もかも任せられていた佐平から、すぐに、暇を出されたんですと――」

松次が割り込んで佐平についての調べを告げた。腕に黒い二筋の入墨は、罪を犯したことのある者の印であった。

「盗みの大仕事なら三年という月日は決して長くはありません。今までにもそのようなことはありました」

今度は田端が言い添えた。

——なるほどな、それでわかった。皆さん、選んで事実と筋道だけを話しているが、ここは一つ——

合点した季蔵は、

「佐平さんには冷酷とも感じられる、ある種の険がありました。佐平さんが疾風小僧翔太だったなら、人々に金子《きんす》という夢を配る一方、遠田屋の客たちを騙《だま》して売り飛ばし、牛馬のごとき扱いで死ぬまで働かせることを続けてきたことになります。佐平さんの後ろには、無念に死んだ人たちの霊が累々《るいるい》と重なっているはずです。義賊の疾風小僧翔太と、かなりの悪の片棒を担いでいた佐平さんが同じ人だったとは、わたしにはとても思えません」

思うところを口にした。

一瞬、その場にいた者たち、烏谷までもが頷きかけた。

「疾風小僧翔太に人気があり、英雄扱いなのは、金子配りだけではなく、決して人を殺《あや》めぬからだ。しかし、わしに悪徳医者稲村広海《いなむらこうかい》の診たて録を届け、あやつを自害へと誘ったのは疾風小僧翔太だったのだぞ」

烏谷は裁きにあたる者として、たとえ僅《わず》かな疑惑でも見落とすまい、疾風小僧翔太を贔《ひい》屓《き》するまいとして反論した。

帰り道、季蔵は蔵之進と長く一緒に歩いた。

「お奉行は佐平を疾風小僧翔太と決めつけ、遠田屋殺しを押しつけようとしていた。らしくないと思わなかったか？」

蔵之進は相づちをもとめてきた。

「まあ、少々は」

「お奉行が焦っておられるのも致し方のないことなのだ。お奉行自らが見張っておられて、疾風小僧翔太にまんまとしてやられ、遠田屋近兵衛はあっさりと殺されてしまった。この一件にはどこにも、あのお奉行らしい怜悧《れいり》で大胆な叡智《えいち》や推量が見られない。疾風小僧翔太に手玉にとられ、遠田屋殺しの下手人に乗じられているだけだ」

「お奉行様は辛《つら》いお立場なのでしょう？」

「稲村広海の自害も疾風小僧翔太の仕組んだことであったゆえ、お奉行の上役、御老中方は片腹痛く思っておられる。お上に代わって、義賊とはいえ盗《ぬす》っ人《と》の疾風小僧翔太が裁きを下したも同然だからな。面白くあろうはずもない。実は北町奉行烏谷椋《りょうじゅうろう》十郎は疾風小僧翔太の仲間ゆえ、稲村広海の診たて録を手にしたのだと言いふらす輩《やから》が、少なくとも南町奉行所にはいる。人はこうして憶測に陥れられることもあるのだ」

「それは酷《ひど》すぎます」

季蔵は烏谷の大きな体軀《たいく》と大きな目、わははというやはり大笑いが目に浮かんだ。

――ここは何としても、遠田屋近兵衛殺しの下手人を捕らえなければ、お奉行様の進退に関わる――

季蔵は意を決した。

二

それから二人は自然と常のような話に戻った。

「たしかに塩梅屋の牡丹ずしは行列に並んでも食いたい物だ。さらに最上ともなれば、疾風小僧翔太が遠田屋になりすましてでも食べたかったのはよくわかる」

「最上のものでなくてもよろしければ、また塩梅屋の灯《あか》りがついているのをご覧になった時にでも、あの時のようにお立ち寄りください」

最上の牡丹ずしは肉醤《ししびしお》の入った容《い》れ物《もの》まで疾風小僧翔太に持って行かれたので、たとえ季蔵が懸命に肉醤を作っても、同じ味が出せるかどうかまではわからなかった。

──これで最上の牡丹ずしは幻と化したな──

「あの時？　ああ、おき玖《く》と所帯を持つ前は、いろいろ柿《かき》料理を馳走《ちそう》になったことがあったな」

「いえ、つい、この前も──」

続けかけて季蔵は言葉を呑《の》み込んだ。

──柿料理の後も蔵之進様は夜更けて、塩梅屋で仕事をしているわたしのところへ幾度か立ち寄られている。ようはたとえ相手がわたしでも、お一人での夜のぶらぶら歩きや飲み食いはなかったことにしたいのだろう。お役目ゆえと言えばお嬢さんは案じ、気晴らしだと笑い飛ばしたら機嫌を害しそうだ。とはいえ、蔵之進様一流のお惚《とぼ》けもこれで二度目だ——

季蔵は何とも不可思議な気がした。

そこで季蔵は、

「一つ、どうしても気になってならないことがございます」

話を転じた。

「何だ？」

「篠原様のことです。あの方は今、番屋で見張られている身ですが、いくらこれといった下手人の当てがないからといって、このまま、大番屋、伝馬町《てんまちょう》と送られるのはあまりに理不尽です」

「俺もそう思う。しかし、せめて遠田屋殺しだけでもけりをつけたいとお上は思っている。それも叶《かな》わぬとなると、どれだけ、瓦版《かわらばん》で叩《たた》かれるかわからぬゆえな。お上は今度の一件で、威信が傷つけられることを何より恐れている」

蔵之進はやや苦しげな顔を俯《うつむ》けた。

「ということは、篠原様はお上の取り繕いのために生《い》け贄《にえ》にされると？」

「とりあえずの入牢《じゅろう》は免れないだろう」

「そして、そのまま——」

気がつくと季蔵は両手を拳《こぶし》に握っていた。

「正直なところ、あり得ないことではない。篠原裕一郎には遠田屋への不審な動きがあった。それだけは当人もぺらぺらと話して認めた偽りのない事実だ」

「酷すぎます」

季蔵は烏谷の窮地に対して洩《も》らしたのと同様の言葉を吐いた。

――それには、まずは佐平さんを見つけ出すことだ。あの男《ひと》ならきっと大事を知っているか、その要《かなめ》になっているはずだ――

それから辻《つじ》にさしかかって、二手に分かれるまで二人は一言も言葉を交わさなかった。

三日ほどが過ぎて、

「ちょっと、起きてくれ」

長屋で眠っていた季蔵は聞き慣れた男の声で目を覚ました。

起き出して油障子《あぶらしょうじ》を引くと、

「俺と一緒にすぐ向島《むこうじま》まで行ってくれ」

松次が立っていた。

「何か？」

「消えちまってた遠田屋の大番頭佐平らしい男が見つかったのさ」

松次は居所がわかったとは言わなかった。

「無事で？」

思わず訊いていた。

「それが骸になっちまってよ」

「少しお待ちください、参ります」

季蔵は身支度を調え、松次と一緒に江戸橋《えどばし》近くの船着場から猪牙舟《ちょきぶね》に乗った。

「骸になった理由は？」

季蔵が訊いても、

「刺し傷があって、血塗《ちまみ》れだと聞いてるが、ほんとのことはまだわかんねえ」

松次は首を横に振るばかりであった。

乗り込んだ時はまだ夜が明けきれていなかったが、向島へと近づく頃には空から目映《まばゆ》い朝日が差し込んできた。

遠田屋の寮の新しい屋根瓦も見えている。

「見つかったのはあそこだ。見つけたのは一夜の宿を借りようとした巡礼の母娘《おやこ》だ。骸に出遭っちまったもんだから、もう、たまらねえ、舟が休んでる夜を、必死で番屋まで駆け通してきたってわけよ。本当はその母娘にも一緒に来てもらいたかったんだが、そもそもが歩き通しの巡礼だし、よほど疲れてたんだろう。板敷でもたれ合って眠っちまってて、起こしても起きねえから、起きたら朝飯を食わしてやってくれって番太郎に言ってきた。俺の方はやっと寝ついたところで起こされちまってから、ずっとこの様だ。やれやれだが、事が事だけに久々に腰も背筋も伸びたぜ」

松次は佐平らしき骸が見つかった経緯《いきさつ》を話した。

向島の寮は商家の富裕層たちの別邸で、どこも見事に咲く桜を植えて、花見の宴の華やかさを競い合っている。新興の金持ちとなった遠田屋もその例に漏れない。

ただし花が終わった今は、他の寮の木々同様、桜も葉桜となり、青々とした葉を茂らせて初夏のさわやかな風を通わせていた。

佐平らしき男は玄関を入ってすぐの布団部屋で死んでいた。すでに死臭が立ちこめている。骸は、どこぞの大店《おおだな》の主と見紛《みまが》う高価な紬《つむぎ》を着ていた。帯も安物ではなかった。けれども、胸と腹から流れ出た多量の血でどちらも汚れている。

「まちげえねえ。遠田屋の大番頭佐平だ。御用見廻《みまわ》りの時に見かけた」

「そうですね。わたしも先日会いました。ややっ、首を絞めた痕《あと》もありますね」

季蔵は手を合わせた後、佐平の首に遺《のこ》された赤い筋を見た。

「下手人は相手がいっこうに死なねえんで、二箇所も大事なとこを刺したのかね？　だとすると何とも念の入った酷《むご》い殺し方だ」

松次は口をへの字に引き結んだ。

季蔵は屈《かが》み込んで、佐平の首の赤い筋とその近くに触れると、

「首の骨が折れています。下手人は刺した後、絞めたのです」

鼻を骸の口に近づけた。

「何やら死臭とは異なる匂《にお》いがします」

「どれどれ」

松次は顔をしかめながらも季蔵に倣《なら》った。

「こりゃあ、チョウセンニンジンの匂いだよ」

「そのようです」

「えらく高い薬を飲んでたんだな」

――佐平さんは病に冒されていたのだろうか？――

季蔵は青瓢箪《あおびょうたん》のように見えた、生きている頃の佐平の顔を思い出していた。

松次は骸の全身をざっと撫《な》で、帯を解いて裸にした。胸と腹には血が噴き出して固まった傷口があり、後は死斑《しはん》で皮膚が埋め尽くされている。

「もう、身体《からだ》の方はほどけてる。この間蔵で見つけた遠田屋より殺されてから時が経ってる」

季蔵はその傷口の血と畳を見比べた。

「畳が少しも汚れていません。佐平さんはここで亡くなったのではないはずです」

「他所《よそ》から運んで来られたってことだな」

「ええ」

「でも、ここは遠田屋の寮だぜ。奉公してて、店のことなら何から何まで知ってる大番頭が隠れるにはうってつけだ、よしっ」

松次は這《は》いつくばるようにして客間へと続いている廊下に目を凝らして進んだが、

「こん畜生、無いね、血が流れた痕がない」

またしても、口がへの字になった。

季蔵は厨《くりや》を調べた。鍋釜《なべかま》はきちんと整理整頓されていて、近々に使われた様子は無かった。

この事実を松次に告げると、

「すると何かい？　佐平はここじゃない、どことも知れないとこで殺されて、わざわざここへ放《ほう》り込まれたってことかい？」

「そうです」

「だけど、どうして、そんなことしなきゃなんねえんだ？」

「それがわかれば、下手人も分かるはずです」

「理屈はそうだろうがさ、そこんとこが皆目見当がつかねえんだよな」

松次がこの出口の無さに苛立《いらだ》って愚痴った後、

「松次親分、居ますかっ？」

玄関から使いが駆け込んできて、

「これを」

田端からの文を渡すと踵《きびす》を返した。文は以下であった。


骸を運ぶのに人を差し向けるゆえ、骸と共に急ぎ戻れ。

田端

――このような時には必ずおいでになる田端様やお奉行様が駆け付けて来ないとは？　着いたら何が待ち受けているのか？――

季蔵と松次は不安な面持ちで顔を見合わせた。

三

季蔵と松次が戸板に載った佐平の骸と共に番屋に辿《たど》り着くと、そこには田端が待ち受けていた。

馴染みになっている牢医兼骸検分の医者が駆け付けてきて、田端と目配せし、こほんと一つ咳払《せきばら》いして、

「出刃包丁で胸と腹を突いたものの死にきれず、紐《ひも》で首を自分で絞めてやっと事切れたのだろう」

二人が思いだにしなかったことを口にした。

「奉行所の捕り方まで加わって、佐平探しは蟻《あり》も逃がさぬ徹底ぶりだ。それで、もはやこれまでという諦《あきら》めを抱き、主殺しの罪を悔いて佐平は死んだのだ」

田端まで医者に口裏を合わせた。

――おかしい――

季蔵は咄嗟《とっさ》に松次を見た。

——胸糞悪《むなくそ》いねえ——

「自分で胸、腹突いて切って、最後はこれも自分で首絞めて死んだっていうんですかい？　刺された傷はかなりの深さでしたぜ、死ぬまで首を絞めるなんぞの力があったとは、とても思えねえ」

松次は顔を真っ赤にして異論を唱え、

「口から匂うチョウセンニンジンが気になります」

季蔵は白髪混じりの総髪の医者に迫った。

「それでは」

医者は佐平の口に鼻を寄せると、

「これはたぶん、あの道の一粒金薬ですな」

にやりと笑った。

「あの道ってえのは、川柳の〝腎張りはおっとせいほど連れ歩き〟ってぇやつかい？」

松次も薄く笑った。

「津軽《つがる》の一粒金丹《いちりゆうきんたん》なら知っていますが」

津軽とは栽培地からそのように称されるようになった阿芙蓉《あふよう》の隠語で、ほんの小さな一粒がありとあらゆる痛みをたちどころに消してくれるのが、阿芙蓉の一粒金丹であった。ただしたいそう高価な上、常習は精神に異常をきたすので限られた者が扱っていた。

「一粒金丹とは似ているが違う」

医者は一粒金薬について話してくれた。

松次が引き合いに出した川柳にあった腎張りとは精力絶倫の意味であった。それを願う男たちは多く、一頭の雄《おす》が数百頭の雌《めす》をはべらせていることもある、オットセイを用いた強壮薬があの道の一粒金薬であった。

オットセイの外腎と臍《へそ》、陰茎《いんけい》や睾丸《こうがん》を乾燥させて粉にし、ここからは医者の判断で、当人に合った漢方薬粉をこれに混ぜて作ったのが一粒金薬であった。

一粒金薬は十日から十五日置きに一粒飲むといいとされていた。

「オットセイ粉に混ぜる漢方薬粉には、同様に強壮効果のあるチョウセンニンジンが多い」

医者は佐平の口からの匂いを一粒金薬だと断じた根拠を明らかにした。

「そうなると、佐平さんはとびきりの強壮薬を飲んで自害したことになります。これから自害しようという人が、強壮薬など飲むでしょうか？　わたしにはとても信じられません」

季蔵が言い切って医者を見据えると、

「なに、わたしはお上のお務めを果たしたまでのこと。失礼する」

相手は心外そうな表情で田端に会釈すると、薬籠《やくろう》を抱えてそそくさと番屋から出て行った。

「どういうことです？」

季蔵は田端に迫った。

「あんな辻褄《つじつま》合わせ、旦那《だんな》らしくもない、情けねえ――」

松次は口を尖《とが》らせた。

「今、佐平が殺されたとすると、これもまた疾風小僧翔太の仕業で、盗みに邪魔だった主近兵衛だけではなく、佐平まで始末したことになる。これはさほど合わぬ辻褄ではない」

珍しく田端が季蔵と松次に相づちをもとめた。二人が渋々頷くと、

「ということは、お奉行は殺しまでやってのけた疾風小僧翔太を取り逃したことになる。そうなると、奉行所役人たちの中には瓦版屋と通じている者がいるから、これは必ず外に洩れる。西国にいたなると、瓦版屋は一斉に疾風小僧翔太が殺しに関わっているなどあり得ない、西国にいた今までだって一度もそんなことはなかったはずだ、お上は偽っていると書き立てるだろう。市中の人たちのお上への威信は脆《もろ》くも崩れる。お奉行はその責任を一身に負う羽目になる」

田端は淡々と、しかし明確に話し始めた。

「まさか、あのお奉行様が任を解かれると？」

季蔵の言葉に、

「〝西国では疾風小僧翔太に勝手放題にさせておけても、江戸は公方様のお膝元《ひざもと》だ。諸国への手前もある。疾風小僧翔太を捕らえてこそ、権現《ごんげん》様以来の徳川《とくがわ》家の権勢が保たれるのだと、御老中方は考えておられるようだ。それほどこの大盗っ人の問題は重く深い。所詮《しょせん》、

一奉行の任などいとも簡単に吹き飛ばすほどにな〃とお奉行はおっしゃっていた」

田端は烏谷の言を告げた。

「となると、篠原裕一郎様はどうなるのでしょう？」

実は季蔵は気掛かりでならなかった。

――あの男が疾風小僧翔太であるはずもない――

「佐平の骸が見つかったとわかり、すでに大番屋から伝馬町に移されておる。これで遠田屋近兵衛殺しは佐平の仕業ということになってケリがつくが、疾風小僧翔太の方はまだだ。疑わしいと言えるのは、あの料理についてあれこれ書いている奴《やつ》だけで――」

田端がふうとため息をつくと、

「可哀想《かわいそう》に身代わりですかい？　そんじゃ、いっそ佐平が疾風小僧翔太ってことにすりゃあ、あの舌はよく動くが、ぞっこん気の小さそうな篠原って男は助かるはずですぜ。いつでもわりを食うのは弱い者だ、やだね」

松次は珍しくぞんざいな物言いをした。

「直《じか》にではないが、この詮議《せんぎ》には御老中様たちまで関わっておられる。そこまで調子に乗った調べはできぬのだ」

田端はさらりと松次の憤懣《ふんまん》を躱《かわ》すと、

「安心しろ。格別なはからいで篠原裕一郎は小伝馬町で揚《あが》り座《ざ》敷《しき》にいる」

季蔵に言った。

揚り座敷はお目見得以上の旗本、高位の神官、僧侶《そうりょ》が入る牢である。牢名主等と起居する大牢《たいろう》や無宿者が入る二間牢《にけんろう》と違い、虐《いじ》めに遭うこともない。畳敷きで食事も本膳である。

「牢の暮らしは応えるからね、それだけはよかった」

松次は安堵《あんど》したが、

——篠原様が疾風小僧翔太ではないかという疑いで普通に入牢したならば、あの男は話上手ゆえ、いつの間にか牢内の者たちに祭り上げられ、結果、騒動が起きることも懸念される。それで揚り座敷なのだろう——

季蔵は田端の言葉通りには受け取らなかった。

「今のままだと、西国のお役人たちが手を焼いて捕らえられずにいる疾風小僧翔太を、こちらでも捕らえられなかったら、篠原様がどんなに違うと言っても、疾風小僧翔太にされてしまうか、手下と見做《みな》されて裁かれることになるのでは？」

季蔵は胸の裡《うち》の不安を田端に思いきりぶつけた。

「西国でも疾風小僧翔太の配下とわかった者の仕置きは行われているゆえ、それはないとは言えない」

「お上の面目のためのお裁きとは、そいつはあんまり酷すぎるぜ、旦那」

とうとう松次は田端に食ってかかった。

「もちろん、わしもそう思う」

田端はまたしてもさらりと応えて、

「お奉行も同様に考えておられる。だが、今ここで、篠原裕一郎を解き放ち、疾風小僧翔太の手掛かりが皆無と上に告げれば、即刻お奉行はお役御免になるのだ。そうなればもう、仕舞いだ。疾風小僧翔太の捕縛どころか、遠田屋近兵衛と佐平の殺しさえ深い闇《やみ》の中だ」

やはり少しも変わらない顔色で話し続けた。

「旦那、今、佐平は殺しだと言いなすったね」

松次の耳がぴくりと動き、目がきらっと光った。

「これは全《すべ》て遠田屋近兵衛殺しの真《まこと》の下手人と、疾風小僧翔太をお縄にする時を稼ぐための策ですね。さきほどの医者ともわたしたちが着く前にすでに打ち合わせていた――」

季蔵が言い切ると、田端は無言で頷き、

「これから、おまえたちに話し、得心、承知してもらった旨《むね》をお奉行に伝えにまいる。おまえたちには佐平の骸のさらなる検《あらた》めを頼む」

やや疲れた様子で番屋を出て行った。

松次が両手に水の入った湯呑みを持ってきた。

「どうだい、またの骸検めの前に一杯？」

渡された季蔵は、

「すみません」

冷たい水が安堵の心に心地よく沁《し》みた。

「美味《うま》いねぇ」

緊張と怒りが錯綜《さくそう》し続けたせいもあって、季蔵も松次も喉《のど》がからからだったのである。

「お疲れのようでしたし、田端様もきっとわたしたち以上に、喉が渇いておられることでしょう」

案じた季蔵に、

「そうさね。それにしてもあの田端の旦那が、あれほど懸命にしゃべったのを聞いたのは俺も初めてだ。こりゃあ、そんだけ大変なことなんだろうけど、いやはや、たまげたね」

松次も口調とは裏腹にすこぶる真顔であった。

――お奉行様と篠原様の命運はわたしたちの働きにかかっている、田端様のあの必死さはその顕《あらわ》れだった――

季蔵と松次は大きく頷き合った。

四

季蔵と松次は充分に喉を潤した後、番屋の土間の筵《むしろ》が被《かぶ》されていた佐平の骸を入念に検め直した。

――おや――

季蔵は血の付いた佐平の小袖《こそで》と羽織の衿《えり》が少し厚いことに気がついた。そもそも着物の衿は布が折られて二枚分の厚みがあるのだが、それだけではこれほど厚くはならない。

――てっきり、すっかり商いを任されていたせいで、店の外では、主の気分になりたくて揃《そろ》いを着ているのだと思っていたが――

小袖と羽織を裏返してみると、裏衿にはところどころ黒い糸が見えている。

「そりゃ、ほどけたところを生地に似た色の糸で、素人が縫い直した痕だよ」

松次が言い当てて、小袖と羽織の衿を人差し指で撫でた。

「まず、あれだな」

合点した松次は板敷に上がって、番太郎が揃えてある裁縫箱から握り鋏《ばさみ》を取り出してきた。ぱちぱちと音を立てて両方の衿の糸を切っていく。

薄く薄く衿の形に削《そ》がれた真綿と真綿の間から、親指、中指、小指、各々の先ほどの大きさの白絹でできた匂い袋がぞろぞろと出て来た。

「香り袋にしては匂いが――先ほどと同じチョウセンニンジンの匂いです」

季蔵は佐平の口の方を見た。

松次が中の一つを開けて逆さにすると、小指の先の十分の一ほどの小さな小さな丸薬が、きらきらと煌《きら》めきつつぱらぱらと落ちた。

「たしかに匂いは一粒金薬なんだけどよ」

松次は手当たり次第に香り袋を摑《つか》んで匂いを嗅《か》いでいる。

「きらきらしてんのがねえ、季蔵さん、あんた、これ、どう思う？」

「金粉がまぶされているのではないかと」

「一粒金薬を見たことあるかい？」

「いいえ」

「俺は飲もうと思ったことがある。言っとくが女にもてたいからじゃない。日々、お役目を果たすには、年齢《とし》のいった身体に頑張ってもらわにゃならんもんな。何年か前の冬、酷い風邪《かぜ》を引いて寝込んだ後、足腰が弱った気がして、思い立って市中の薬屋を廻った。一粒金薬はオットセイと合わせる生薬によって、いろんな種類があるのさ。そのうちに足腰に自信がついてきて、結局は買わず仕舞いだったが、言いたかったのは、一粒金薬は俺みたいなしがない岡《おか》っ引《ぴ》きでも、思い切って試そうかどうしようかって思えるぐれえのそこそこの高値だってことだよ。どれも黒茶の丸粒だった。金まぶしでお天道様《てんとさま》みてえに輝いてんのを見たのはこれが初めてでさ」

「これはもしかして一粒金薬ではないかもしれないと？」

「袋の白絹だってなかなかの値のはずだろ？　一粒金薬の高値なんて足許《あしもと》に及ばないほど、こいつらは高値のはずだよ」

「なにゆえ、佐平さんは衿の中にこれらを縫い込んでいたのかと気にかかります」

「おつむや勘の働きはあんたほどじゃなくても、場数じゃ負けない。そうは言っても、滅多なことは言えねえんで、俺の当て推量は今は止《よ》しとく。その代わり、これから行くところへ行こうやな」

骸に小袖と羽織を着せ終えた季蔵は松次に促されて番屋を出た。

松次の足は露月町へと向かっていた。佐平が囲っていた元茶屋娘だったお志野《しの》は猫の額ほどとはいえ、日当たりのいい庭のある二階屋に住んでいた。

――佐平も相当遠田屋の金をくすねたんだろうよ――

松次の目が語った。

楚々《そそ》とした雰囲気の咲いたばかりの露草のような風情《ふぜい》のお志野は、

「お上の者だが死んだ佐平のことでちょっとな――」

松次にいきなり切り出されると、一瞬びくりと震え、

「どうぞ」

今にも泣きそうな顔で迎え入れた。

二人は床の間のある客間に通された。

「今、お茶を」

季蔵が断りを口にする暇もなく、

「ありがとよ」

松次はお志野を下がらせ、

「大丈夫さ、あの女は勝手口から逃げたりしねえから。そんな度胸はねえよ。それから、いいかい、女が戻ったら、俺がぞんざい過ぎて、可哀想になるような下卑《げび》たことも訊く。あんたじゃ無理だろ？　だから黙っててくれ」

素早く季蔵に耳打ちしてきた。

茶を啜《すす》った松次は、

「いい味の茶だ。さすが、元茶屋娘は淹《い》れ方が上手《うま》い」

目を細めて褒《ほ》めてから、

「それに茶の質もいいよなぁ、極上品だろうが？」

「宇治《うじ》茶です」

お志野は俯いたまま応えた。

「佐平は茶好きだったんだろうな、茶屋であんたを見初めたんだから」

「ええ、まあ」

「佐平は茶好きだったが、若い女も好きだった」

お志野は黙ったままでいた。

「けど見かけたところ、佐平はあんたより二十歳《はたち》以上は上だったろ？　ところであんたは幾つ？」

「十七歳です」

「若いねえ。けどもう子どもじゃぁねえ。腎張りぐれえ知ってるだろう？」

お志野は頷く代わりに真っ赤になった。

「男ってぇのは見栄っぱりでさ、これと思った女には幾つになっても腎張りでいてえもんなのさ。いくら佐平が女好きでも、こんな若いあんた相手に、なかなか長い頑張りは利かなかったんじゃねえのかい？」

これにもお志野は応えなかった。

「実は、佐平の骸が着てた着物の衿から、こいつらが出てきたんだよ」

松次が両袖を振ると大中小の白絹でできた香り袋が畳の上に広がった。チョウセンニンジンが匂った。

「見覚えがあるはずだがな」

お志野は反射的に首を横に振った。

「そんなはずはねえ」

松次は言葉に力を込め、金壺眼《かなつぼまなこ》を精一杯大きく瞠《みは》った。

「これでも思い出せねえのかな」

一番大きな匂い袋の紐を開き逆さにしてぶちまけた。チョウセンニンジンの匂いが座敷に溢れだした。

お志野の顔から血の気が引いた。

「こいつは男を腎張りの楽しみに惹《ひ》き込む一粒金薬ってことになってる。佐平も死ぬ前に飲んでる。けどよ、どうして、こんなにも沢山の一粒金薬を、着てるものの衿に隠してなきゃなんねえのかい？　俺には売り物にしてたとしか思えねえんだよな。いいかい、今から俺の言うことをよくよく聞いてくんなよな。一粒金薬を売ってただけじゃ、お咎《とが》めはねえが、これに津軽でも混ぜられてりゃ、重い罪になる。佐平はもう死んでるから痛くも痒《かゆ》くもねえだろうが、衿に縫い込んでたのが佐平の近くにいたあんただってことになると、正気を失わせる阿芙蓉を医者でもねぇあんたが持っていたことになる。下手すりゃ気の毒にもその若さで死罪だよ」

　これを聞いたお志野は、

「いやあ、いやあ、そんなのいやあ。あたしはあの男《ひと》の言うことを聞いてただけです、ほんとです、それだけです」

　身体を海老《えび》のように曲げておいおいと泣き始めた。

「そうか、そうか、よくわかった。だったら、知ってることを隠さず話すんだよ、お上にも慈悲はある」

　松次は猫撫で声を出した。

「佐平さんがこれは特別な薬で女にも効いて、夜が楽しみになるだけじゃなしに、綺麗《きれい》にもなるって言って勧めてくれたんで、佐平さんが来た日は床に入る前に、一緒に飲みました。あたし、ほんとうはあの男《ひと》が嫌いでした。病気のおっかさんのために覚悟を決めてお世話になったとはいえ、触られるのが嫌で嫌でならなかったんです。ところがこの薬を飲むようになってから、それほど嫌ではなくなったんです。身体も心もぼーっと霧がかかったみたいで、結構心地よかったんです。ただ、その後は酷く疲れて——、でも、あたしは待つだけの身なので、家でぶらぶらしていればよくて、そうは気になりませんでした。そのうちに、あの男を待っている、いいえ、閨《ねや》が待ち遠しくなってたんです。ああ、何てこと——、あたしこれでも早くに死んだおとっつぁんは侍だったんですよ、何て恥ずかしい

お志野はまた泣きだし、中腰ですり寄った松次は、

——」

「よしよし、もう泣くなって。それであいつの言いなりになって、津軽入りの匂い袋を衿をほどいて詰め込んでたんだな」

相手の背中を優しくさすった。

こくりと頷いたお志野は、

「あたしもお縄になるんですか？」

恐る恐る訊いた。

「これからも正直に話してくれりゃあ、そこまでのことにはなんねえだろう。まずは一緒に番屋まで来て貰《もら》おう」

「番屋——」

お志野は恐怖の目色になった。

「お上の上の人たちが話を訊くだけだから、心配はねえ。それよか、あんた、ここにいちゃあ、危ねえよ。佐平が津軽に関わってたんだとしたら、仲間だった連中が今にもここへ押しかけてきて、あんたを痛めつけて、在処《ありか》を訊こうとするだろうからさ」

「怖いっ」

叫んだお志野はそれでもぎゅっと唇を嚙みしめて堪え、立ち上がって階段を上ると、番屋へ行く身仕舞いを始めた。

五

この後、田端をはじめ、鳥谷や蔵之進までもが番屋を訪れ、交替でお志野に話を訊いたが、

「あれ以上はなーんにも出なかったよ」

明くる日、塩梅屋に一人で立ち寄った松次は、甘酒を常よりも何杯か多くお代わりした。

「お志野さんは？」

「労咳《ろうがい》（結核）病みのおっかさんと一緒に小石川《こいしかわ》養生所だ。金が無くて薬代にも困ってるってぇのに、とかく、みんな小石川を敬遠するだろ？　なーんか、病人ばっかし集めて治療も十把一絡《じっぱひとから》げ、身寄りが一人もいない奴が泣く泣く行くとこで、病人の牢屋みたいなもんで死ななきゃ出られねえみたいなさ。けど、あそこはなかなかいい医者がいて、金もほとんどかからねえ、手厚い所なんだって、よくよくお奉行様がお志野に言い聞かせたんだよ。お奉行様は、〝あそこは飯とて病人によって変えていて、なかなかのものだ。そちの母親が労咳なら、下手な薬よりも滋養、きっと三度に一度は滋味豊かな玉子料理が出るゆえ安心するように〟ともおっしゃったんだ」

「お志野さんが、降りかかってきたかもしれない難を逃れて何よりでした」

季蔵はほっと息をついた。

「それとさ、こりゃあ、お志野には言えねえことだったが、佐平の妾宅には帰ってもらい

たくないこっちの理由もあった。衿ん中から出てきた、あの金まぶしの一粒金薬をお奉行様以下皆さまに見せたんだ。試しに鼠獲《ねずみと》りにかかって腹を空《す》かせている鼠に好きなだけ食わせてみたところ、すぐにぴくりとも動かなくなって死んだ。立ち会ったいつもの医者は、何粒かまとめて砕き、舐めてみて、はっきりそうだと言ったんだ。間違いなく阿芙蓉仕込みの一粒金薬だったんだ。匂い袋に見せかけて、これほどの量を佐平が衿に隠していたのは、どう見ても阿芙蓉を密《ひそ》かに売り捌《さば》くつもりで隠し持っていたってことになった。そんであの妾宅を虱潰《しらみつぶ》しに探したら、一粒金薬について、何か手掛かりがあるかもしんねえってことになったのよ。お志野が嘘《うそ》をついたり、惚けたりしてなくても、佐平だけが知ってる、秘密の手文庫なんかが、掛け軸の裏の壁に掘った穴にでもあるんじゃねえかって――」

「ありましたか?」

季蔵は身を乗り出した。

「いんや」

松次はむっつりと気難しげな表情になって、残っていた湯呑みの甘酒を一気に呷《あお》ると、

「邪魔したぜ」

店を出て行った。

――調べは遅々として進んでいないのだな――

季蔵も妾宅での手掛かり探しを考えていただけに、がっかりしたのは事実だった。

——しかし、他に何が、どこにあるというのか？——

季蔵は仕込みのために使っていた包丁を置いた。

これだと思える閃《ひらめ》きは料理をしながらでは、到底浮かぶものではなかった。

店を出た季蔵はこのところ、珍しかった青空を仰ぎ見た。不思議と青空は閃きを授けてくれることがあった。

——なぜ佐平は衿に阿芙蓉入りの一粒金薬を隠したのだろう。たいてい商人は大事なものを胴巻きに隠し持つはずではないか——

季蔵は、阿芙蓉を売る側だったと思われる佐平ではなく、買う側に立って考えてみた。

——阿芙蓉入りの一粒金薬は入っている数によって袋の大きさが大中小と三種もある。値も袋の大きさによって異なっているのだろう。これらを買う相手は一人ではない。そして、売る時、胴巻きを見せるのが憚《はばか》られる相手でもある、高貴な身分の女たちなのでは？

——

そこで季蔵の考えは詰まった。

——最上に高貴なのは大奥の女人たちだが、男子禁制。唯一、出入りを許された市中の店の者が訪れて、女人たちが買物をできるのは御錠口《おじょうぐち》のみだ。しかし、ここでの物品の改めは、御用商人の選定同様、ことさら厳しいと聞いている。口入れ屋である遠田屋に許されるとは思い難い——

季蔵が考えあぐねていると、

「只今《ただいま》」

朝から瑞千院《ずいせんいん》のいる慈照寺《じしょうじ》に行っていた三吉《さんきち》が帰ってきた。

「風呂《ふろ》とか言う石窯と同じ役目をするものの具合はどうか？」

季蔵は訊いた。

――少し別のことに考えを転じてみよう――

「これなんだけどさ」

浮かない顔の三吉は紙の包みを広げた。丸く平たく表面は狐色《きつねいろ》のものが数個あった。

「煎餅《せんべい》に似てるな、どれどれ」

季蔵は取り上げて囓《かじ》ってみた。煎餅ほどは固くないが、あれほど香ばしくも美味くもない。食味はべちゃとしていて、甘酒の匂いが鼻につんときた。

「なかなか上手くいかないんだよ」

三吉はすっかり落ち込んでいる。

「瑞千院様や他の尼《あま》さんたちは食べてくれてて、〝こんなものでしょう〟なんて言ってくれてるけど、おいらを慰めてくれてるだけだよ、きっと」

「まあ、そうだろう。出島の阿蘭陀《オランダ》人が三度三度、米みたいに始終食べてて腹を満たしてるのがパンだとしたら、こんなものではないはずだ」

「やっぱり食べてるのは、饅頭《まんじゅう》（清《しん》〔中国〕の蒸し饅頭）なのかな。これだとふわふわでそこそこ美味しいよ」

饅頭は餡《あん》の入っていない清の蒸し饅頭で、阿蘭陀人等西洋人たちの主食であるパンは、これと同一であると見做している向きが多かった。

季蔵の指図で瑞千院にパン作りの手引書を乞《こ》うた三吉は、〝古今東西美味鑑〟という、美味い物が作り方と共に挙げられている、長崎で刊行された料理本を貸してもらってきていた。

その話はすでに季蔵も三吉から聞いている。

「いや、〝古今東西美味鑑〟では、風呂で焼くパンは清の饅頭ではないと書かれていたから違う」

「そのはずだよね」

力なく三吉は頷いて、

「瑞千院様はまずはあの時、季蔵さんが遠田屋に出張料理で泊まり込んだ日に、特別な石《いし》工《く》に頼んで風呂を造ってくれたんだ。風呂まで造ってもらっといてパンが上手く焼けないなんて、おいら、申し訳なくて――」

しゃくりあげた。

瑞千院が三吉のため、自身が日々好物のパンを食べるためにと、風呂を造らせたことは季蔵も知っていた。それを三吉から知らされた時、

――風呂も石窯造りも大変な仕事だ。そんなことなら、お言葉に甘えて石窯をいただくのではなかった――

季蔵は悔いてその旨の文をしたため届けさせた。すると、以下のような言葉が返ってきた。


あの石窯には一緒に楽しんだカステーラやタルタ、クウクと共に、亡き殿との思い出が詰まりすぎています。見ているだけで何とも切なく、それでさしあげたのですから、どうか、お気遣いなく、評判の牡丹ずし作りにお励みください。

聞くところの牡丹ずしの牡丹の花は、あの石窯で焼かれたものと推察しております。とはいえ、今のわたくしは牡丹は食せぬ御仏《みほとけ》に仕える身ゆえ、熱心な三吉の作るパンに期待しております。

瑞千院

季蔵様

——お優しいあのお方らしい思いやりに満ちた、何とも有り難いお言葉だ——

感激した季蔵は、

「滅多に見られないものを見られたんだから、ちゃんと書き留めてあるか」

やや厳しい口調で三吉に質《ただ》し、

「パン作りの胆《きも》になる風呂造りについては訊いてなかったな。話してくれ」

三吉を促した。

「あ、はい」

三吉は手控帖を取り出して開いた。風呂造りについてびっしりと書かれている。三吉は予想外に長く詳しく書き留めたものを読み上げた。

「なかなか熱心じゃないか」

「そりゃ、あたぼう」

三吉の元気が少々戻った。

――よかった、慢心もよくないが、失意ばかりだと前には進めない――

三吉が読み上げた風呂の造り方は以下のように要約される。

風呂と石窯はほぼ同様の代物である。

焼く食材の出し入れに便利なように、四尺（約一・二メートル）四方ほどの広さにして、高さは外側五尺（約一・五メートル）、内側三尺（約〇・九メートル）に造る。

周囲の壁は練塀のように、割った石か瓦の欠片《かけら》を入れて塗り立て、上に行くにつれて細くなるように塗り、一番上には平らな石を載せて、それを土で固める。これには二度、三度の上塗りが要る。

ただし脇《わき》の土は厚さは七、八寸（約二十一から二十四センチ）にする。風呂口は一尺五寸（約四十五センチ）角ほどにし、上部と左右は石で造り、下部は敷瓦にかかるくらいにする。

「その石工の親方さ、お爺《じい》さんだったけど器用で親切、パンを出し入れする道具まで作ってくれたんだよ、二本も。石窯、遠田屋からここへ戻ってきてるし、こっちにも一本あってもいいかなって、思ったから持って帰ってきたんだ」

三吉が見せてくれたのは、木でできた大きな杓文字《しゃもじ》のようなもので、丸い先が五寸（約十五センチ）四方ほどで、三、四尺（約〇・九から一・二メートル）の柄がついていた。

六

「パンを取り出すための大きな杓文字まで作ってもらったのか。ところで上に行くほど窄《すぼ》まる練塀の出来は万全か？　少しでも隙間《すきま》を残すと、熱が洩れて上手く焼けないのではないか」

季蔵が案じると、

「そりゃぁ、絶対ぬかりない。だって、そこが石工のお爺さんの腕の見せ所だもん。ハンパな仕事じゃ駄目だ、真剣勝負みたいなもんだって言ってた。丁寧に仕上げてたよ」

三吉は満足そうに頷いた。

――市中で石窯に精通している石工はそう多くはないだろうから、年配だったというその石工の親方は、塩梅屋《うちや》から遠田屋さんに石窯を運んで、後に返しに来てくれたあの男かもしれない――

季蔵は白髪頭ではあったが、掛け声の鋭い、精悍《せいかん》な表情をしていた石工頭をふと思い出した。

「だから、おいらのパンが今一つなのは風呂のせいじゃないんだ」

三吉は再びがっくりと肩を落とした。

――ここで自信を失わせてはいけない。せっかくの試みが水の泡になるどころか、後々、捨て鉢な心根を育ててしまう、やぶ蛇だ。よしっ、ここは――

「ここには遠田屋さんから石窯が戻ってきている。牡丹ずしのためのウリボウ肉の焼きはもう終えている。一つ、おまえのパンを焼いて見せてくれないか」

「そんなこと言ったって、また、おいら、しくじっちまうに決まってる」

泣きべそを掻《か》きかけた三吉を、

「そんな意気地のないことでどうするんだ？　万全なはずの風呂にぬかりがあるのか、それともおまえの腕が悪いのか、白黒つけるいい機会なんだぞ。これを避けて通っていたら、いつまで経っても美味いパンなんて出来ない。おまえのために風呂まで造ってくれた瑞千院様に恩返しをしたくないのか？」

「そりゃあ、したいに決まってる」

「だったら早く、パンを作るのに要る物を取り揃えろ」

季蔵は厳しい声を出し、

「わかった。小麦粉がたくさん要るんだ。ここにあるだけじゃ足りないから、今から買いに行ってくるよ。おいら、今度は絶対上手く作ってみせる」

三吉は唇をぎゅっと嚙みしめた。

半刻《はんとき》（約一時間）もかからずに三吉は小麦粉の大きな包みを担いで帰ってきた。

「さあて、見せてもらおうか」

厨を出た季蔵は珍しく床几《しょうぎ》に腰を下ろした。そこからは厨がよく見渡せる。

「季蔵さんがそっちだとおいら、緊張しちゃうよ。でも、頑張らなくっちゃ。まずね、ふるめんとってものを作るんだよ」

「ふるめんと？　阿蘭陀語か？」

「瑞千院様は長崎にいたお殿様が葡萄牙《ポルトガル》語じゃないかって言ってたって」

「どんなものか、教えてくれ」

「ん」

三吉は大鉢に小麦粉を用意した。これに塩梅屋では常に用意してある甘酒を加え、柔らかく捏《こ》ねる。甘酒は麹《こうじ》と飯が混じって少し泡が立ったところで、水嚢《すいのう》で漉《こ》し取るのである。料理で使う水嚢は、竹等の丸い枠に紙や布を貼《は》って漉し器に工夫したものである。

「この後、一晩寝かせるんだよ。だから、焼くのは明日だね」

三吉は大鉢に蓋《ふた》をした。

「これがふるめんとか？」

――あっさりしたものだな――

季蔵は正直出鼻を挫《くじ》かれたような気がした。もっと延々大変な作業が続くものだと思っていたからである。

「これは待ちの料理だな」

そうも言い添えると、

「まあ、そうなんだけど、まだこれじゃ子どもだね、ふるめんとの子ども。大人のふるめんとになんないとパン種にはなんないんだよ。かといって、いきなり大人のふるめんとにはなれないいんだよ」

一瞬、三吉はしたり顔になった。

——なるほど、これで仕舞いというわけではなかったのだな。それにしても、ふるめんととやらを子どもと大人に例えるのは面白い——

そう思って、それを三吉に告げようとしたとたん、季蔵の脳裏に閃くものがあった。

——ふるめんとはいきなり大人にならない。お奉行様や皆さんはいの一番に妾宅に手掛かりをもとめたが、独り身の佐平にとって妾宅は日の浅い別宅だ。本命の陣地はやはり住み込んでいた遠田屋、次に骸が見つかった向島の寮だったのではないか？——

「出かけてくる」

季蔵は前垂れを外し、身支度して店を出た。主殺しは大黒柱の大番頭だった佐平の仕業と公にされてからというもの、お上の命で遠田屋は大戸を下ろしていたので、季蔵は勝手口に廻った。

——たしか、おうめという名の女中頭がいたな——

った。


「どなたか、おられませんか？　おうめさん、おうめさん」

「おうめさーん」

声を張り上げたが、出てきたのは牡丹ずしを振る舞われて主を讃《たた》えていた手代の一人だった。

「塩梅屋さんでしたね、保助《やすすけ》と申します」

相手はげっそりと窶《やつ》れた表情でいる。

「おうめさんを始め、奉公人たち、別棟の客人たちも、もうこの店にはおりません。市中の景気が今一つで、奉公先は少ないので、多くは故郷《くに》に帰りました。自害して果てた佐平さんが主殺しの下手人と決まり、店を畳むようにとのお沙汰《さた》がございました。残っているのはわたし一人です」

「皆さん、路銀は足りたのですか？」

季蔵は気に掛かった。

「ついてはおうめさんが、佐平さんの部屋の畳の下に隠してあった百両を見つけて、皆の旅立ちに当てようと言い出し、わたしもそれしかないと思いました。百両を別棟の客人たちを加えて五十人で分けました」

「ほぼ一人二両になりますね」

疾風小僧翔太が配り歩いた金子も一軒二両であった。

「〝いくら何でも、路頭に迷うことになるわたしたち奉公人の窮迫までは、疾風小僧翔太もわからないだろうから、佐平さんが溜《た》め込んでいた金子に頼るしかないわね〟とおうめさんが言ってくれました。思えば佐平さんが旦那様からの信用をいいことに、妾宅を持つなぞの勝手をしながら、なお溜め込めた金子はお店《たな》のものです。わたしたちが日々、お客様の仕事探しのお相手をして、要領が悪い、と佐平さんに叱《しか》られつつ、血と汗と涙で築いたのです。おうめさんはいいことを言ってくれたとも思いました。とはいえ、これはやはり盗みに近いものでしょう？　少なくともお上はそう見做すことでしょう。ですので、何かの時はわたし一人が責を負うことにして、女の身のおうめさんには出て行ってもらいました。先ほど、あの時お奉行様と一緒においでになったあなたがみえたとわかった時、わたしは覚悟を決めたんです」

保助は項垂《うなだ》れてお縄を待ち受けるかのように両手を前に回した。

「待ってください」

季蔵は慌てて、

「わたしは一膳飯屋の主にすぎません。それにわたしもおうめさんやあなたと同じ思いです。今のお話は聞かなかったことにしましょう」

きっぱりと言い切った。

「ありがとうございます」

頭を深々と下げた保助は、

「それではいったい何のためにここへ？」

訝《いぶか》しげに首を傾《かし》げた。

「佐平さんの部屋を見せていただきたいのです。それ以上は訊かないでください」

「わかりました」

こうして季蔵は奥まってはいるが、主と隣り合っている佐平の部屋へと案内された。

「わたしはこれで――」

下がろうとした保助を、

「居ていただけると助かります」

季蔵は引き留めた。

そこは六畳ほどの縁側付きの部屋で、布団がしまわれている押し入れが目に入った。押し入れの中には柳行李《やなぎごうり》があり、さすがに中身は値の張る着物類だった。

「簞笥《たんす》は買われなかったようです」

「佐平さんの口癖は、〝わたしは旦那様の代わりに遠田屋を背負って立っている〟でしたから、着る物には気を遣っていたのだと思います」

「おうめさんと皆さんでここの畳を上げて、百両を見つけたのですね？」

季蔵は足元の畳に目を落とした。

「いいえ、おうめさん一人でです。わたしたちは、突然、畳の下から出てきたという小判を見せられただけです。仰天しました」

――畳は重い。非力な女でもやってできないことはないだろうが、大変な仕事のはずだ
――

「突然？　おうめさんが佐平さんの百両を見つけた時のことを思い出してください、くわしく――」

「八ツ時（午後二時頃）、草臭《くさくさ》いだけの茶を啜りながら、おうめさんと二人で奉公人たち等の今後のことを話していた時、誰《だれ》かが大番頭の佐平さんの骸が見つかって、実は旦那様を殺した下手人だった、と瓦版が書き立てていると伝えて来ました。すると、おうめさんは、〝そりゃあ、大変〟と叫んで、廊下をすっ飛んで行ったんです。突然、小判を見たと思ったのは、おうめさんがすぐに戻り、〝これ、佐平さんの部屋の畳の下から〟と言って、黄金色を見せてくれたからでした」

「畳を上げる間などなかったと？」

「その時はこれで皆の先行きが何とかなる、とうれしくて気が動転していて気がつきませんでしたが、おっしゃる通りです」

保助は大きく頷いた。

七

――百両が佐平の部屋の畳の下からのものでなかったとすると、おうめさんが都合したことになる。だが、おうめさんが疾風小僧翔太？――

「まさか――」

保助も同じ思いで、

「信じられません」

二人は目を合わせつつ首を傾げた。

「おうめさんについて、このほかに何か不審なことはありませんでしたか？」

季蔵は訊かずにはいられなかった。

「これは不審というほどのことではないのですが――」

保助は袖から二つに折ってある色刷りの紙を出した。

広げるとそれは料理屋野中屋《のなかや》の引き札（広告チラシ）であった。草木が萌《も》えだしたばかりの野原を背に、桜を模した紙花の簪《かんざし》を髪に挿《さ》した町娘が描かれていた。手の甲に燕《つばめ》を載せている。

「何でも、別棟の二階にいた女客で、一番の器量好《よ》しが、ここを出て行く時に、〝大番頭さんから貰ったものだけど、亡くなってしまったから要らなくなった、捨てといて〟と言っておうめさんに始末を頼んだものだとか――。おうめさんは〝あの佐平さんは女好きだけあって、やっぱり、あの二階の別嬪《べっぴん》さんともあれだったのね、旦那様を殺して、ここから逃げた後は、野中屋で落ち合うことにしてたのよ〟と推し測り、〝でも、これ、最後まで残る覚悟の保助さんは捨てないでね。訪ねてくる男がいて、わたしの名を出したら必ず渡してほしいから〟と念を押したんです。今にしてみれば何とも不思議な言葉です」

「たしかに――」

――おうめさんはわたしが訪れることを知っていた？――

季蔵は狐に抓《つま》まれたような気分で遠田屋を辞すと料理屋の野中屋に向かった。

真新しい格調高い門を抜けて玄関に立った。野中屋は新興ながら老舗《しにせ》の八百良《やおりよう》と食通の人気を二分する高級料理屋であった。

幸い客のいない八ツ時だったので女将が直々に座敷で話を聞いてくれた。三十路《みそじ》を過ぎた大年増《おおどしま》ながら熟れた色香の漂う女将は、季蔵が色刷りの引き札を見せると、

「あら、まあ」

大袈裟《おおげさ》に照れてみせた。

改めて見比べるまでもなく引き札に描かれている美形はこの女将であった。

「有り難いことにこの引き札を配ってからというもの、今まで、八百良一筋のお客様方にも目をかけていただいております」

笑顔の女将は頭を下げて挨拶《あいさつ》をした。

「実はお上のお調べの手伝いをしております」

季蔵が告げると、

「遠田屋の大番頭さん佐平さんの一件ですね。あれはもう、主殺しの大罪人ゆえ自害に及んだとされ、始末がついているのではありませんか？」

女将の顔から笑顔が消えて眉間《みけん》に皺《しわ》が刻まれた。

「お上の仕事というものは、始末をつけるにも証が要るのです。何でもかまいません、佐

平さんについて話してください」

季蔵は淡々とした口調で促した。

「ずっと御贔屓にしていただいていたお馴染みさんです」

「女の方と一緒のことは？」

「ございません」

――やはり、別棟二階の女の一人と落ち合う場所がここだったのだ。高級料理屋の引き札は唾《つば》をつける代わりだったのだろう。佐平は囲ったお志野さんに飽きてきていて、その女と江戸を離れ、しばらくは共に面白可笑《おか》しく暮らすつもりだったのだな――

「見ていた者もいるので隠し立てはできませんし、下手に隠して罪に問われるのは嫌なので申し上げます。あの法眼《ほうげん》稲村広海先生とは、先生が屋敷に火をつけて悪事と我が身の始末をおつけになるまで、よくご一緒においでになっていました」

伏し目がちの女将は早口になった。

――何と‼――

季蔵は自分の耳を一瞬疑った。

「稲村広海に間違いないですね」

思わず念を押すと、

「はい。お二人とも上客でしたけれど、いずれお上が裁きを下されたであろう方々でした。そんなお方たちが来ていたなぞと、嘘で申し上げるわけがございませんでしょう？　誹《そし》りは受けても褒められるわけはありませんから」

女将は不機嫌そうに声を張った。

「最後に一つだけ、教えてください。この引き札の絵柄の背景はここの広い庭で、描かれている美人は女将さんだとわかりました。どうして簪は桜で、燕を手に載せているのですか？」

最後だという季蔵の言葉に女将はほっとした表情になって応えた。

「野中屋《うち》の引き札をよくご覧になっていただければおわかりいただけますが、やや下がり気味の桜の簪は垂桜《しだれざくら》なのです。桜の名所多しといえども、垂桜ではうちが市中一と自負しております。それで」

そこで女将は一度言葉を切った。

垂桜は桜の品種名ではなく枝がやわらかく枝垂《しだ》れる桜の総称である。咲き姿の優美さ、艶《なま》めかしさには誰もがはっと息を呑まされる。女将は先を続けた。

「燕は毎年、野中屋の軒下に巣を作ってくれます。燕が巣を作る家は栄えると言いましょう？　そうそう、佐平さんはこの引き札をいたく気に入ったご様子で、〝女将、垂桜、燕、ありそうな取り合わせだが、実はあまりない〟と、取り止めもなく呟《つぶや》いて、じっと見つめておいででした」

――おそらく、佐平は美形を自負している女客の一人をいつか、この料理屋の女将のようにしてやると言って口説いていたのだろう――

そこまでは合点できた季蔵は礼を言って、立ち上がり、

「正直にお話ししました。くれぐれも内々にお願いしますよ」

一瞬すがりつくようだった女将の視線を背中に受けつつ辞した。


翌朝、三吉は季蔵よりも早く店に来ていた。

「早いな」

「だって、パン焼きが待ってるんだもん」

大鉢のふるめんとは二倍以上に膨れていた。

「それでは始めよう」

小麦粉と砂糖を大盥《おおだらい》に入れ、大鉢に昨日作った膨れたふるめんと、水を合わせて手につかなくなるまで捏ねる。

形は三吉が慈照寺の風呂で試したのと同様の平たい丸にした。

これを納戸から運んできた長い木板に間隔を置いて載せ、再び膨れるのを待つことになった。

「瑞千院様が渡してくれた作り方の本じゃ、夏場は一刻か、一刻半（約三時間）だって話なんだけど。これってたしかに待ちが肝だね。それから冬場は膨れが遅くなるんだって」

「昨日はどれぐらい待ったんだ？」

「書いてあった通り、一刻半きっちり」

「膨らみはよかったか？」

「そんなに悪くはなかったと思う」

「今は初夏だし、昨日は少し肌寒かった。一刻半では待ちが短すぎたのだろう。それと、そんなに悪くない膨らみでは駄目だ。充分膨らんでいないと――」

「そうかもね」

頷いたものの、三吉はまだ真からは得心していない。

――得心するには経験が一番だ。しかし、たしかに待ちというのは難儀だな――

季蔵は手持ち無沙汰で木板の上で生地が膨れ上がるのを待った。気がつくと野中屋の引き札について考えていた。

――佐平があの引き札を気に入っていたのはわかる。けれども、〝女将、垂桜、燕、ありそうな取り合わせだが、実はあまりない〟などと、取り止めもなく呟いていた理由が、女将を除いてはわからない――

季蔵は垂桜と燕、各々の姿を何度も想《おも》い描いてみて、つい、

「垂桜――」

口に出してしまっていた。

するとそれを耳にした三吉は、

「垂桜で聞こえた名所なら元明寺《げんみようじ》、松翁《しようおう》神社、あと料理屋の野中屋。地味すぎて名所とはいえないけど、伊沢《いざわ》の旦那の死んだおとっつぁん、真右衛門《しんえもん》旦那の八丁堀《はつちようぼり》のお役宅の裏庭

にある見事な古い垂桜。権現様の頃、通りを造るのに邪魔で、仕方なく、あそこへ移されたんだって。伐《き》ることができないのは、京から運ばれてきたって言われてて、恐れ多いかららしい。うちのおっかあは、〝あれは幽霊桜だから見ちゃいけない〟って」

真顔で告げた。

「どうして幽霊桜なのだ？」

「無念を遺して死んだ京のお姫様たちの霊が、何百年もの間、永ぁく取り憑《つ》いてるから、あんな綺麗な花を咲かせるんだって。これは相長屋《あいながや》の物知り婆《ばあ》さんから聞いた」

「おき玖お嬢さんは何も言ってなかったが――」

――綺麗なものが大好きなお嬢さんなら話してくれていても不思議はないのだが――

「それはさ、幽霊桜のあるところに住む者は、あの垂桜のことを、見ても話してもいけない、祟《たた》るとずっと言われてるからだと思う。こっちはうちのお墓のあるお寺の和尚《おしょう》さんが言ってた。霊の力が強すぎて、仏様でも神様でも勝てないんだって。だからお嬢さんも伊沢の旦那も、柿や無花果《いちじく》については話すのに、あの幽霊桜のことだけは、毎年、桜が咲く時季になっても触れないで、初めからなかったものみたいにしてるんだよ、きっと。季蔵さんも金輪際、近づいちゃ駄目だよ」

「なるほど、わかった」

季蔵は頷いてはみせたが、

――遠田屋の自分の部屋に着物以外、これといったものを何一つ、遺していなかった佐平の意図がやっとわかった。まずはこれを終えてからだ——パン生地が膨れるのがさらに待ち遠しくなった。

八

「元の倍ほどじゃないけど膨れてきたよ」

三吉が告げに来た。

「昨日はこのくらいで焼いたのか？」

「うん」

季蔵は木板の上のパン生地の丸い膨らみに触れてみた。

「俺はパンとやらを焼いたことなどないが、まだ生地の表面に厚みが感じられる。もっと生地が伸びて、触って薄くふんわりするほど膨らませた方がよさそうだ」

「わかった」

「だが、もうすぐだ」

季蔵は石窯の準備に入った。

ウリボウ肉を焼く時のように、薪《まき》を二束焚《た》き始めた。

「そろそろいいのではないか？」

季蔵は木板の前に立った。

「触ってみろ」

促された三吉はすーっと生地をなぞって、

「さっきと違う。皮が薄い」

「これで焼いてみよう」

季蔵は薪が消し炭になりかけたところで掻き出し、水で湿らせた藁箒《わらぼうき》で中のごみを掃き出し、捨てた。

「特別なパン焼きの道具もあることだし、ここは頼むぞ」

三吉にパン生地を大きな杓文字に似た道具を用いて、石窯の中に並べさせた。

石窯の口は水に浸《ひた》した薦《こも》で季蔵が塞《ふさ》いだ。これもウリボウ肉を焼き上げる時と変わらない。ようは高熱過ぎない余熱で按配《あんばい》よく焼き上げるのである。

やがて、ウリボウ肉の焼ける匂いとはまた別の何とも甘く芳《かぐわ》しい匂いが石窯から流れ始めた。

「昨日はこのくらいで出したっけ」

三吉は道具を使って、表面が栗色《くりいろ》に仕上がったパンを石窯から出し、別に用意しておいた木板に載せた。

「焼けてはいると思うけど。色も昨日みたいに白っぽくない」

「それじゃ——」

季蔵は手を伸ばした。

「あっちちち」

大袈裟に熱がりながら、指で千切ったパンなるものを口に入れた。

「どうかな?」

三吉は心配そうに訊いた。

「おまえも食べてみろ」

恐る恐る三吉はパンを手に取った。まだ熱いはずなのに熱がりもせず、口へと運んで、

「違うっ‼　全然違うっ‼　何より、甘酒臭くないっ」

大声で叫んだ。

「あちぃちちっ」

後から熱がり、

「火傷《やけど》するぞ」

季蔵は水の入った湯呑みを渡した。

「ああ、よかった」

三吉は熱さと安堵の両方で目を潤ませた。

「おいら、美味いと思うんだけど。中はふわっとしてるのに皮は力強い」

三吉の言葉に、

「その通りだな」

季蔵は微笑《ほほえ》んだ。

こうして、三吉は途中、薪を追加しながら、入れ換え入れ換え一斗《と》分のパンを焼き上げ

た。この日は牡丹ずし売りも含めて休むことに決め、すでに貼り紙をしてあったので、二人の賄《まかな》いはもちろんこのパンであった。

「まだ八ツ時には間があるが、せっかくの焼きたてのパンだ。ぬくもりがあるうちに瑞千院様にお届けしろ」

「えっ、いいの？　夜の仕込みまだじゃない？」

「何だ、表の貼り紙を見なかったのか？　今日は休みにする」

季蔵は苦笑し、

「おいらとしたことが——いっけねえ」

三吉は頭を掻いて屈託なく大笑いした。

パンが二つずつ紙に包まれて、大きな竹籠《たけかご》に収まると、

「行ってきまあす」

三吉は喜び勇んで店を出て行った。

——こちらも行かなければならないところがある——

季蔵も身支度して塩梅屋を出た。向かっているのは八丁堀。蔵之進が養父真右衛門と暮らした奉行所役人の役宅である。

——蔵之進様がおき玖お嬢さんと祝言を挙げるまで住んでいたあの役宅にはまだ仏壇があって、蔵之進様やお嬢さんがいつ、今住んでいる役宅から足を向けるかしれたものではない。二人に幽霊桜への拘《こだわ》りがあるのだとしたら、それが目的で来たのだとは言いにくい。

顔を合わせぬことだ――

近くまで来ると、出遭《であ》ったりしないよう、なるべく遠回りを心がけた。

幸い二人と会うこともなく、季蔵は無事、蔵之進の元の役宅に辿り着いた。

裏木戸から入って裏庭を見渡した。

――秋は柿の実、干し柿作りと決まっているが、春から初夏にかけても柿は優れた食材になる――

柿の木が青々とつややかな葉をつけている。昨年の今頃はおき玖が盛んに柿の若葉を摘み取ってきて、これを刻んでご飯に混ぜて炊《た》き、調味は塩だけでも風味が格別な握り飯がしばしば塩梅屋の賄いになった。

――たしかに三吉の言う通り、同じ裏庭に植えられているという垂桜の話は、不思議と今まで耳にしたことがなかったし、この時季にここへ招かれた覚えもない――

季蔵は垂桜を探した。

木々の全《すべ》てが新緑の色に染まっている。枝が垂れている大樹はどれかと目を凝《こ》らした。

垂桜の葉は垂れ柳のようには風にそよがない。開花の時の様子とは正反対に固く強い印象であった。垂れ下がっている枝の各々が、地面を刺し貫こうとしている無数の長剣のようにも見えた。ある種の怨念《おんねん》じみたものが感じられる。

――なるほどな、葉が落ちる冬場はもっと怖いだろう――

子育てのために渡ってくる燕は毎年、同じ家を訪れて同じ巣を手入れして使う。

季蔵は蔵之進の干し柿作りを手伝ったことがあるので、中庭に続いている縁側の軒下に燕の巣などないことは知っている。まずは垂桜があることを確かめた季蔵は、次に縁側以外の軒下を見て廻った。

燕の巣は一番目立たない奥の軒下に作られていた。ただし、萎《しな》びたように見えるその巣に燕の親子の姿は無かった。

——燕がこの巣を捨てていてくれて幸運だった。燕が来ていて親鳥が運ぶ餌《えさ》を雛《ひな》たちが待っていたとしたら、雛たちを押しのけてまで、巣の中を調べるのは気が引けたはずだ。ただし佐平は当然、燕の親子がここに居座るものとして、万全な隠し場所だと思いついたのだろう——

季蔵は梯子《はしご》を探し出してきて、壁に掛けて上り、巣の中へと手を伸ばした。糞《ふん》等は乾いているせいで触れず、金物の冷たい感触があった。

それを握って引き出してみた。

鉄鍵であった。まだ錆《さ》び付いてはいない。

——最近、佐平が思いついて隠したのだな。この鉄鍵で開くことのできる箱を見つければ、佐平の企《たくら》みを露見させることができる。そして、これほど凝った隠し場所を考えついていた佐平が自害だったとはとても思えない。また、この鉄鍵が隠さなければならないものだとしたら、佐平はこの箱の中身と関わって殺されたのだろう——

季蔵は鉄鍵を片袖にしまい、梯子から下りて片付けると蔵之進の元の役宅を離れた。

ほど近い辻《つじ》に立ったところで、

——わたしが佐平を殺した下手人で、野中屋の引き札に託されていた隠し場所を知らず、鍵、鍵、鍵と昼夜を問わず、その在処が知りたくて仕様がなかったとしたらどうするだろう——

季蔵は佐平の妾宅だったお志野が住んでいた家へと向かった。

家の中へはいったとたん、ぱっと目についたのは草履《ぞうり》の跡であった。その跡は座敷から階段の上へと続いていた。明らかに誰かが草履を履いたまま歩き回ったのである。季蔵は根気よく足跡を追った。

——やはり——

押し入れが明け放たれて幾つもの柳行李の中身が畳にぶちまけられ、茶簞笥の引き出しは開けっ放しで、長火鉢がひっくり返されている。厨の皿小鉢も、ほとんどが割れていた。ただし、銭を貯《た》める招き猫も、銭が隠してあった瓶もそのままだった。神棚に載っていた金粉塗りの大黒天《だいこくてん》さえも——。

——物盗りの仕業ではない——

座敷に戻ってきた時、入ってきた時は気がつかなかったが、破られて散らばっている床の間の掛け軸の代わりに、角皿が飾られていた。

——これは——

忘れもしない、萩と猪が赤と青で描かれた鍋島《なべしま》の角皿、先代長次郎《ちょうじろう》の形見で、最上の牡丹ずしを盛りつけて遠田屋近兵衛をもてなした逸品だった。

それればかりではなかった。

角皿にところどころ焼け焦《こ》げた印籠《いんろう》が立て掛けられ、文が添えられていた。以下のようにあった。


初めてご挨拶申し上げる。

猪、鹿《しか》、蝶《ちょう》の花札に似せた、遊びのある鍋島の名品を揃えたいと兼《か》ね兼《が》ね思っていて、稲村広海の蔵より、念願の鹿と紅葉《もみじ》、蝶と牡丹の皿を千両箱と共に頂戴《ちょうだい》した。ところが、そちらの猪と萩の角皿と比べたところ真贋《しんがん》は歴然。贋《にせ》の鹿、蝶は鍋島藩並びに陶工の恥となるゆえ、情けで捨て、真の鍋島の猪はそちらへお戻しすることにした。本物の萩と猪の鍋島を手に入れた御仁は相当な目利きであったろう、末永く大事にされよ。


それから、この印籠はつい何日か前に市中にて拾った。異な事に浮き世を離れているはずの笠《かさ》を被って、顔を見ることのできない托鉢僧《たくはつそう》が落としていったものだ。根付けがもぎ取られた痕なのか、千切れた短い紐がぶら下がっている。

祖先は高名な武将だというのが自慢だった、あの稲村広海の下がり藤の家紋が見えるが如何《いか》に？

なお、当方、眺めも含めていたって美しきものを愛《め》でる質《たち》ゆえ、杜撰《ずさん》な家荒しの趣味はない。

誤解なきように。

疾風小僧翔太

季蔵殿

九

この文を読んだ季蔵は愕然《がくぜん》とした。

――最上の牡丹ずしと猪と萩の鍋島を盗んだのは、主に化けた疾風小僧翔太の他にはあり得ないとわかっていた。けれど、大枚《たいまい》を撒《ま》き続けてのしあがった法眼稲村広海は、疾風小僧翔太に千両箱を奪われ、賄賂《わいろ》に使う金に窮し屋敷に火を放って焼死したはずだった。その稲村が今も生きているとは!! 野中屋の女将の話では稲村は始終佐平と会っていたという。稲村が佐平を殺した? いや、先手を打って稲村を焼死に見せかけて殺そうとしたのは佐平かもしれない。しかし、千両箱はすでに疾風小僧翔太の手中にあった。二人が殺しに手を染めてまで奪い合ったものはいったい――

ここまで考えが及んで、季蔵は、はっと気がついて息を呑んだ。

――答はこの鉄鍵と――

とっくに暮れ六ツは過ぎていたが、季蔵は矢も楯《たて》もたまらず、稲村広海の屋敷へと走った。

──稲村家の焼け跡にあるはずだ──

行き着いた頃にはさすがに夕闇が深くなっていた。ただしまだ、うっすらと焼け残った塀や木々は判別できる。

先客が居た。

相手の白髪頭と曲がりかけた腰を覚えている。

──塩梅屋から石窯を遠田屋に運んだだけではなかろう。そうそう石窯や風呂の造り方に加えて、使い途にまで通じている者は多くないだろうから──

瑞千院の慈照寺で風呂を造り、パンの出し入れに使う、長くて大きな木製の杓文字を拵えてくれた石工頭と思われる。

──まさか、この男が稲村広海ではあり得ないはずだが──

「あんたか」

向こうから声を掛けてきた。

「その節はお世話になりました」

季蔵は頭《こうべ》を垂れた。

「ここに探し物があってね。昼間は人が通るんでやりにくい。それでこのところ、毎晩来てみてるんだよ」

──稲村なら佐平と関わって探し物があっても不思議はないが──

目の前の五十歳をとうに過ぎた皺深い鉤鼻《かぎばな》の老人が、四十歳そこそこだと聞かされている法眼稲村広海とは思い難かった。

——ただし、腰は曲がったふりができる——

季蔵は相手の出方を待った。

「あんたは何の用でここに？」

「ただ通りかかっただけです」

「だったら手伝ってくれないか」

——これで正体がわかるかもしれない——

「はい」

「それじゃ、まず、これを」

石工頭は季蔵の分の手燭《てしょく》も用意してくれた。

「何を探したらいいのでしょう？」

——これではっきりする——

「瓦の欠片だよ。このところ、たいていはお大尽の商人《あきんど》か、お大名の道楽なんだが、あちこちから風呂の注文が増えてきた。何でもカステーラを手作りするのが流行《はや》ってるんだとか。いい風呂を造るには上等の瓦の欠片が一番なんだ。変化のある見た目もいいし、皆様、風呂の上には石より瓦を詰めてくれと頼んでくるんでね」

石工頭らしい応えが返ってきた。

——やはりこの男は稲村ではない——

「わかりました、瓦の欠片を探せばいいのですね」

すでに焼け跡は夏の闇に覆われている。

それから二人は一刻ばかり、黙々と瓦の欠片探しを続けた。

「おっ、これは何だ？」

石工頭の大声が上がった。

「ちょっと来てくれ」

呼ばれた季蔵は相手が立っている所へと急いだ。

「火事の時、この木も倒れたのだろうが、その時、最近掘り返されて戻されていた柔らかい土が抉《えぐ》られたのだな。そうでなければこれほどの穴は空くまいよ」

石工頭は抉れたように見える穴の前に立っていた。

「何かありますね」

季蔵は手燭で穴の奥を照らしてみた。石工頭も自分の手燭を近づける。

「箱ですね。土よりも黒い」

「鉄箱と見た。よしっ、引き上げてみよう」

石工頭は老人とは思えない機敏さで、近くに倒れていた木々を梃子《てこ》のように使い、千両箱ほどの大きさの鉄の箱を引き上げた。ぴかぴかと黒光りしていて錆《さび》とはまだ無縁だった。

――やはりな――

「残念、鍵が掛かっている」

石工頭は季蔵に背中を見せた。

「開かないものでしょうか――」

季蔵は素早く、片袖にしまっていた鉄鍵を鉄箱の鍵穴に入れて回した。鉄箱の蓋が開いた。

油紙で作られた袋がぎっしりと詰まっている。

「おかしな匂いがする」

石工頭がぼやいた。

――これは途方もなく沢山の阿芙蓉だ。これだけあったら、何人もの人の痛みを和らげることもできるが、何人もの人を死ぬまで虜《とりこ》にして他の人たちに危害を与えかねない、あるいは眠って死んだように見せかける人殺しにも使われかねない。稲村広海と佐平が一人占めしようとしていたのはこれだったのだな。人の生き血を吸って商いを繁盛させていた遠田屋に、千両箱の他はただの一文なりとも、金が残っていなかったのは、佐平がひたすら阿芙蓉を買い付けるために、仲間の稲村に渡していたからだったのだ。遠田屋近兵衛は長きに渉《わた》り、佐平と稲村に謀《はか》られていながらも一向に気付かず、最上の牡丹ずしを望むなど、何事も金任せで我《わ》が儘《まま》を尽くした。高く売れそうな女たちや佐平を除く奉公人たちには、吝嗇《りんしょく》の極みでもあり、あの晩、あっさりと殺されてしまった。疾風小僧翔太に賄賂を送っている相手の名を記した診たて録を盗まれた稲村は、覚悟の焼死などではなく、ひとまず、死んだことにしておいて、いずれほとぼりが冷めたところで、取り戻しに来ようとこの沢山の阿芙蓉を鉄箱に詰めて庭に埋めたのだろう――

季蔵が鉄箱を前に考えをまとめている一方、

「何だ？　入ってるのは小判かと思ったよ」

がっかりして、鉄箱の中身に興味を失った石工頭は瓦の欠片探しに精を出していた。

「すみません、お願いがございます」

季蔵は石工頭に、

「番屋まで行って、松次親分に今から書く文を渡してほしいのですが――」

――鉄箱は重すぎて一人では運べない。といって、中身の正体をこの深くは知らない男に伝えるわけにもいかない。わたしが見張っていなければ――

「この年齢なんで、使い走りっていうのはねえ、もっと瓦の欠片も探さにゃいかんし――」

相手は季蔵の方に手燭をかざして懐《ふところ》のあたりをじっと見た。

「これで」

季蔵は急いで小粒を握らせ、以下のような文を書いた。

全て分かりました。急ぎ稲村広海屋敷、焼け跡に来られたし。お奉行様、田端様にもお伝えください。

季蔵

文を受け取った石工頭は、曲がった腰のまま何とかよろよろとその場を立ち去った。

一刻もしないうちに烏谷に田端、松次がやってきた。

「これはいったい、どういうことなんだ？」

不審な面持ちだった三人も、鉄箱の中身を確かめると、

「ああっ」

珍しく烏谷は悲鳴に似た驚きの声を上げ、

「まさか」

田端は何度も自分の頰《ほお》を抓《つね》り、

「悪い夢だよ、これ」

松次は腰を抜かして座り込んでしまった。

季蔵は遠田屋を訪ねてみたこと、手代におうめからだと言って託された野中屋の引き札から、ある人の役宅の裏庭、佐平の妾宅、疾風小僧翔太から自分に宛《あ》てた文、そして稲村広海の屋敷の焼け跡に行き着いた経緯をかいつまんで話した。

「何だか、疾風小僧翔太がお上の味方ぶって、ほんとのことを教えてくれてる気もしてきたね」

松次がつい弾んだ声を出した。

――たしかに元噺家《はなしか》の長崎屋《ながさきや》の主五平《ごへい》さんなら喜びそうな行き掛かりだが――

季蔵もなるほどと思ったのだが、

「疾風小僧翔太は盗っ人だぞ、忘れるな」

田端は厳しい声で窘《たしな》めた。

「その通りだ」

烏谷はひときわ響く大声を上げた。

焼け跡の地べたに陣取った四人は鉄箱を見張り続けた。

「残るは稲村広海ですね。これだけの悪事をしでかしてたんだから、早く捕まえねえと。あんな鉄箱がごろごろ、あちこちに埋まってりゃ、金には不自由しねえ。またぞろ逃げられて世に害ばかり流されちまいますよ」

松次が案じると、

「疾風小僧翔太の言う通り、きやつが笠を被った僧の姿をして托鉢をしていたとなると、他に隠し場所はないだろう。あったら、わざわざ市中に出てくることなどない」

田端はきっぱりと言い切った。

「稲村広海の行方について、そちの考えを訊きたい」

首が飛ぶかもしれない心労ゆえに、窶れて窪《くぼ》んだ烏谷の凄《すご》みのある大きな目が季蔵を見据えた。

「佐平の骸は向島の遠田屋の寮で見つかりましたが、わたしはあの時、殺しが行われたのは別の所だと申しました。お調べください。向島には稲村広海の寮もあるはずです。同じ向島内なら、稲村一人でも佐平の骸を遠田屋の寮へ運ぶことはできます」

「稲村の寮、そりゃあ、あるさ、医者とはいえ、あれだけの財の持ち主だったんだから」

頷いた松次は、

「でも、死んじまってると思い込んでたし、まさか佐平とつながってるなんて、思ってもみなかったから気にもしてなかった。こいつはうっかりだ」

やや渋い顔で片掌《かたて》を頭に当てた。

「でしたら、そこを今すぐお調べください。笠をかぶっての托鉢で食い繋《つな》いでいた稲村広海は、佐平に裏切られたこともあり、とことん人を信じていないはずです。わたしたちが遠田屋へ行った日の夕刻、佐平を呼び出し、相手の言い訳に得心したふりをして向島の自分の寮へと誘い、殺したのではないかと思います」

季蔵は思うところを口にした。

「なるほどわかった。まだ夜は明けぬが、捕り方を連れてすぐに行け」

烏谷は田端と松次に命じ、

「この鉄箱を奉行所に運ぶように」

大八車を手配させた。

稲村広海は向島で遠田屋の寮から目と鼻の先にある、自分の寮で見つけられ捕縛された。

「死罪はもう覚悟している。殺されかけた時の苦しみだけで沢山だ。石など抱かされて苦しい思いなどしたくない」

つるりとした白い顔の稲村はあっさりと罪を認めて今までの事を白状した。

「老舗ではないが女将が色っぽく、何かと気が利いて女の世話までしてくれる料理屋の野中屋で、何度も顔を合わすうちに遠田屋の大番頭佐平と親しくなった。互いに女遊びだけでは飽き足らず、もっと金が欲しい、金さえあれば主を追い出して遠田屋を自分のものにできると佐平は言い、わたしは法眼より上の法印《ほういん》の位を喉《のど》から手が出るほど我が物にしたかった。それで思いついたのが佐平が言い出した阿芙蓉買いだった。わたしなら立場を利用して、国中の阿芙蓉を買うことができるというのだ。阿芙蓉は津軽藩だけではなく、諸国が密《ひそ》かに芥子《けし》を育て、その未成熟果を集め、汁を絞って作られひっそりと取り引きされている。わたしは大名家の御典医たちとも親しく、阿芙蓉の事情にもくわしかった。こうして、わたしは佐平が回してくる遠田屋の上がりで阿芙蓉を買い漁《あさ》った。取り分は半々ということで話はついていた」

「佐平がそちを裏切ったのは、疾風小僧翔太が蔵の千両箱を奪ったゆえか？」

取り調べは今回に限り、特別に烏谷が当たった。

「今にして思えば、わたしのところに賄賂に使う金が無くなってしまっては、もうこれまで、この先使い途がないと思ったのだろう。阿芙蓉の入った一粒金薬はわたしが調合して、佐平が欲しいというだけ渡していた。佐平はそれを売り歩いていて、自身も阿芙蓉の魔力に取り憑かれていた。わたしが目をつぶっていたのは、阿芙蓉買いのための潤沢《じゅんたく》な金が、遠田屋から佐平を通して入ってきていたからだった」

烏谷は以下を訊き糺《ただ》した。

「火事のあった時のことを詳しく話せ。どんなことがあったのか？　残っていた丸焦げの骸は誰のものだったのか？」

「千両箱を失い、賄賂の先を書いた診たて録まで盗まれてほどなく、賄賂を寄越せという文が関わっている人たちから次々に届いて、これはお上絡みの追い立てだとわたしは気付いた。診たて録はすでにお上の手にあり、わたしを破滅させたい、できれば自害という当たり障りのない形で始末したいのだとも――。そう悟った時、わたしはもう、稲村広海でいること、法印になること全てを捨てた。貯まりに貯まったお宝阿芙蓉を遺して死ねるものかと思った。鉄箱を用意し阿芙蓉を移し、埋めた。もちろん、在処は佐平には教えなかった。また、鉄鍵は決して肌身離すまいと印籠につけておいた」

「それで佐平をどう動かしたのか」

「わたしが佐平だったらと考えると、疑念がなかったわけではない。だが、あの場はあやつに頼むしかなかった。屋敷を役人たちが見張っていたのは知っていたが、老舗の漢方堂《かんぽうどう》の大八車に乗せた急病人なら改めもなく屋敷に出入りできるので何の痛痒《つうよう》もなかった。実は漢方堂は何年も前に立ちゆかなくなっていたのだ。表向きの屋号だけ残して遠田屋のものになっていた。据物師の山田浅右衛門《やまだあさえもん》家だけにはお上のお許しを得て、罪人の骸が下げ渡され、人胆丸《にんたん》として売り出されていたが、漢方堂でも人命丹《じんめいたん》なるものを売っていた。優れた効き目があるのでとかくの噂《うわさ》があったが、その噂は本当なのだ。大っぴらにはできないが、市中の行き倒れの骸が使われていたのだ。佐平がある者達に命じて探させていた。ここまで申し上げればおわかりであろう」

「自分の替え玉に行き倒れの骸を使おうとしたのか？」

「左様。わたしから企みを聞いた佐平は親切ごかしに骸を運んできた。しばしの別れだと言い、わたしに酒を勧めた。飲まぬわけにはいかなかったから口に含んだが、気付かれぬように片袖に捨て、時を見はからって寝入ったふりをした。あの時、不覚にもわたしは鉄鍵のついた印籠を畳の上に置いていた。佐平はそれをもぎ取ると、〝やったぞ〟と笑い、〝悪いが死んでもらう、そもそもがあんたが考えついたことだよ〟と言いながら、横になっていたわたしとその廻りに油をまいた。すぐに炎が押し寄せてきた。立ち上がると炎が目に突き刺さってくるかのようだった。わたしは火を消そうと転げまわりながら縁側まで出た。その際に、全身に火傷を負った。命があったのは不思議なほどだった。縁側から庭に逃れ、池に飛び込んだ。その時、屋敷のほとんどが炎で焼き尽くされようとしていた。佐平はわたしが逃げたりしないよう、くまなく油をまいて火をつけて行ったのだ」

「医者だというのに、胸と腹を刺した上、首を絞めるとは随分酷い殺し方をしたな。佐平への恨みゆえか？」

烏谷は最後の問いを口にした。

すると稲村広海は着ていたものを全て、褌《ふんどし》さえも脱ぎ捨てて真っ裸になり正座し、

「顔はもうご覧になっていておわかりでしょうが、他もこの通りです。わたしは医者でしたので火傷の膏薬《こうやく》に通じていて、何とか、命だけは取り留めましたが、今も続く痛みは曰《いわ》く言い難く、その上、一生醜く爛《ただ》れたままなのです。わたしは佐平も同じような目に遭わせてやりたいと思いましたが、その前に鉄鍵の在処を訊かねばなりません。わたしが生きているとわかっても、あの男はたいして驚いている風もなく、〝火付けを手伝おうとして油も一緒に持ってきたのが運の尽き、つい、手が滑ってまいちまったのさ。それと、これ、俺はこれをやると何でもかんでも、やっちまうんだよな。そうそう、遠田屋の旦那様の首を絞めて殺した時もそうだったよ。せっかく疾風小僧翔太が旦那様を道具小屋に入れてくれたんだから、日頃から思ってたやることはやっちまおうってね〟と大笑いした挙げ句、わたしが作ってやっていた、阿芙蓉入りの一粒金薬七、八粒を口に入れて飲み下しました。普通はこれだけで倒れて息が止まってもおかしくない量でした。阿芙蓉に嵌まると効き目も薄らぐのです。しかし、佐平のげらげら笑いはおさまらず、かっとなったわたしは厨にあった出刃包丁で胸と腹を刺しました。それでも死なず、痛がりもしないのが癪《しゃく》に障って、最後は首を絞めて息を止めたんです。たしかに医者らしからぬことでした」

話し終えるとがっくりと頭を垂れた。

烏谷は狡猾《こうかつ》な悪事を暴いた功は大きいとして責めを問われることはなかった。

一連の事件が片付いた後、市中では、少しの間なりを潜《ひそ》めていた疾風小僧翔太が再び何度か現れて、瓦版屋と金子を施された人たちを喜ばせた。

揚り座敷とはいえ牢に入っていた篠原裕一郎が、疾風小僧翔太ではあり得ないのは明々白々となり、晴れてお解き放ちとなった。

塩梅屋を訪れた篠原は、

「お世話になりました。毎日のように届けてくれた牡丹ずしのおかげで、どんなに囚《とら》われの身が癒《いや》されたことか――」

まずは礼を言い、

「版元や瓦版屋にこの騒動のことを書けと言われましたが断りました。わたしは諸国の美味しいものの探索で世に出たわけですが、それらは御大名様方の江戸屋敷の厨に素がありました。美味しいものは下々の暮らしの中にも輝いているはずです。これから風まかせで旅に出て、その輝きを見極めてきたいと思っています」

別れの言葉を口にした。

――ここまで深く料理の話ができる人が去って行くのは寂しいが、囚われていた日々の垢《あか》を落とすためにも、この際、江戸を離れるのはいいことかもしれない――

「行っていらっしゃい。戻られたらまた塩梅屋に立ち寄ってください」

季蔵は笑顔で送りだした。

三吉は三日にあげず、早起きして慈照寺まで機嫌よくパン作りに通っている。

「瑞千院様がとっても喜んでくれてる。あのお方、〝パンも火事とか大水とかの何かの時の炊き出しに役立ちますね。三吉さん、頼りにしてますよ〟なんて言ってもくれてさ、照れくさいんだけど、嬉《うれ》しいんだ。あのさ、おいら、お嬢さんと瑠《る》璃《り》さん、それからお馴染みさんたちにもこのパン、食べてもらいたいんだけどな」

三吉の希望で季蔵はまた、石窯でパンを焼くことにした。店は休まず、二人は泊まり込んでパンを仕上げた。

十一

出来上がった早朝、三吉は豪助《ごうすけ》とおしん、長崎屋、喜平《きへい》、辰吉《たつきち》、勝二《かつじ》の元へ届けることになった。

「おいらね〝パン小僧三吉だーい〟って言って届けるんだぁ」

季蔵が咎める暇もなく三吉は、背負い籠と手持ちの籠いっぱいにパンを詰め込んで塩梅屋を飛び出して行った。

おき玖のところと瑠璃には季蔵が届ける。

――お嬢さんのことは蔵之進様も案じておられたことだし――

「早々とお邪魔いたします。おはようございます」

季蔵が玄関口で告げると、

「来てくれたのか」

意外にも箸《はし》を手にしたまま蔵之進が出た。

「お嬢さんは？」

「ちょっと加減が悪くてね」

言葉とは違い蔵之進は微笑んでいる。

「どなた？」

奥でおき玖の声がした。

「わたしです、季蔵です」

「まあ、季蔵さん」

おき玖が出てきた。寝ていたわけではない証にきちんと身仕舞いしている。

やや顔色は常より青白いものの、こぼれるような幸福の色が顔全体に充《み》ちていた。

「これを。三吉が拵えたパンです。焼き方が似ているカステーラとは異なり、飯の代わりにもなるのだそうです。どうか召し上がってみてください」

「まあ、何ていい匂い」

おき玖の目が輝いた。

「あれっ？　飯の炊ける匂いも味噌汁《みそしる》も嫌だって言ってたのに」

蔵之進の目は変わらず優しい。

「あれはあれ、これはこれ」

おき玖は季蔵から包みを受け取ると、

「これこれ、こういうの食べたかったのよね」

一つ、二つ、三つと立て続けに食べた。

「大食いの三吉ちゃんの気持ち、あたし、とってもよくわかるわ」

おき玖の手はもうすでに四つ目に伸びている。

「それではわたしは――」

玄関口で辞して季蔵が歩き出すと、

「ちょっと」

蔵之進に呼び止められた。

「おき玖のことなんだけど」

案じているというよりもうれしくてならない様子であった。

「何か？」

「源氏《げんじ》物語《ものがたり》の蒸《む》し羊羹《ようかん》ばかり食べてて、源氏物語の女人たちはほとんどが不幸せなせいか、妙に沈んで憂鬱《ゆううつ》そうだと前に相談したろう？」

「そうでしたね」

「あれね、実はこれだったのだ」

蔵之進は帯のあたりから両手を突きだして大きな丸を作って見せた。

「おめでた？」

思いもしなかったことではあったが、知らずと季蔵の目は潤《うる》みかけた。

「そうそう」

蔵之進の物言いに照れくささが混じった。

「おめでとうございます」

季蔵は祝福した。

「お嬢さんにもそうおっしゃっておいてください」

「機嫌のいい時にな。とにかく、食べ物の好みや感じ方が今までと違って大変なんだ。怒るだけじゃなしに、埒《らち》もないことに怯《おび》えたりして――」

「とにかく、よかった、うれしいです」

季蔵は一礼して蔵之進と別れた。

――常の身でなくなっていたお嬢さんはきっと、源氏物語だけではなく、蔵之進様の元の役宅の垂桜にも、薄幸だった京の姫御前の恨みが取り憑いていると思い詰めたのだろう。わたしや蔵之進様には埒もないことであっても――

歩き続けて季蔵はお涼《りょう》の家の前に来ていた。

「わたしです、季蔵です」

声を張ると、

「はい、ただ今」

お涼が出迎えてくれた。

ただし、困惑気味であった。

「塩梅屋の季蔵さんですね」

珍しく念を押された。

「はい」

「わたしには何が、何だか――」

お涼は頭を抱え込んだが、

「これはもう、お目にかけるしかありません」

季蔵を家の中に招き入れると、縁側のある座敷へと案内した。瑠璃の華奢《きゃしゃ》な後ろ姿が見えた。

――あれは誰だ？――

季蔵は凍りついた。

縁先に一人の侍が立っている。

「あのお方は堀田季之助《ほったとしのすけ》と名乗られました。この三日間、続けておいでになっています」

――まるで、鏡に映ったわたしではないか？――

「わたしはあなたが姿を変えて、瑠璃さんを正気に戻そうとしているのだと思い込んでいました。わたしとて、もしやという不安がなかったわけではないのです。でも、あれほど似ておられると、とても、あなたではないなぞとは思えませんでした。相談したくても、このところ旦那様はご多忙でおいでになってくださいませんし――」

「小さな声なのでよく聞きとれませんが、瑠璃さんはお相手と楽しそうに話しているようです」

季蔵は座敷の茶箪笥の脇に隠れた。瑠璃や相手との間が廊下に立っていた時よりも多少は狭《せば》まった。

「これからの時季は楽しみだね。瑠璃」

相手の話しかけに、

「そうですわね、季之助様」

聞いたことのない華やいだ声が応える。

「どこに行きたい？　何が見たい？」

「それはもう、川開きの花火に決まっていますわ」

「夏の夜空は瑠璃の名と同じ澄み切った紺碧《こんぺき》の瑠璃色。空が瑠璃の色だからこそ、花火はひときわ美しいのだよ。そして、そんな最高の空に花火を競って仕掛けるのは、円屋《まるや》と富《ふ》久屋《くや》だったね」

「そうそう、両国橋《りょうごくばし》の上流は円屋、下流が富久屋です。一方が傘《かさ》のような形で花火が燦然《さんぜん》と咲いて、もう一方は轟音《ごうおん》と共に傘を破って金の竜が躍り出るのですよ。その絢爛《けんらん》さときたらもう言葉も出ないほどです」

「今年は是非見に行こう」

「まあ、うれしい」

「それからこのところはこんな形《なり》をしているが、好きな料理で市中の人たちと仲良くしたい時は季蔵と名乗っている。姿も町人のように変えている。でも、わたしだ、間違いないよ、瑠璃。季蔵もわたし、季之助だ、わかったかな？」

「そうでしたのね、季蔵は季之助様、よくわかりました」

相手はちらと季蔵の隠れている座敷の茶箪笥の方を見て頷いた。

――何と気配に気付かれている――

「それじゃ、今日はこのぐらいで。季之助は季蔵、忘れないで」

微笑みつつ、季之助と名乗った相手はその場からいなくなった。

――知らなかった、そんなにも瑠璃は花火を見たがっていたとは――

「瑠璃」

季蔵が呼ぶと、

「まあ、季之助様の季蔵さん」

瑠璃は満面の笑みで振り返った。

「花火は必ず見せてやるからな」

花火見物の人が両国橋を埋め尽くす様子を頭に浮かべつつ、季蔵は涙が込み上げてきた。

――季之助様の季蔵さんでもいい――

後日、疾風小僧翔太より以下のような文が季蔵に届いた。

あんな姿で季蔵さん、あんたと会えるとは思っていなかった。

実を言うと俺とあんたは瓜《うり》二つに近いほどよく似ているのだ。だから季之助の俺はほぼ素顔の疾風小僧翔太の頭目なのさ。

それを知ってから随分時が経っている。

疾風小僧翔太は末端まで入れると、まあそこそこの大名家といったところで、あんたたちが盗みと呼んでいる、貧しい人たちへの施《ほどこ》しが仕事だ。

この仕事の法度《はっと》は人殺しで、これを巧みに避けるために、〝なりすまし〟を旨としている。

たとえば今回、いじきたなく最上の牡丹ずしを食べた時の紋付羽織袴《はかま》姿の遠田屋近兵衛、女中頭のおうめの二人は当人たちではない。

広い世に三人はいると言われているそっくりな輩を替え玉に使ったのだ。

こちらの意に反して、遠田屋はあんなことになったが、本物のおうめは故郷で安楽に暮らしている。

それから藩の取りつぶしにあって浪人になったという、篠原裕一郎なる者は元々この世にいない。配下の一人を料理好きな俺が仕込んで、三年ほど江戸で料理についてあれこれ書かせた。肉醬は俺の手によるものだ。

ここまで読み進んだ季蔵は、あの季之助を目にしていただけに驚きはさほどでもなかった。

――ただし、一人として見抜けなかったのは口惜しい――

文はまだ続いていた。


あと、あんたはまだ気付いていないと思うが、深夜に塩梅屋に立ち寄って牡丹ずしを馳走になった伊沢蔵之進は、ははは、実は俺だよ。

あの時、蔵之進は常より寡黙《かもく》でうつむき加減だったじゃないか？

それと石工頭の老爺《ろうや》ももちろん俺だ。

最後に心惹かれつつ、案じられる瑠璃さんのことを。

俺が瓦版を渡しに行ってあんたの元許嫁《いいなずけ》という女を見た。そっくりだというあんたのことなら、どんなことでも知りたかった。

余計なことかもしれないが、人が前に進むためには、時には、後ろを振り返ることがあってもいいのでは？

瑠璃さんの恢復《かいふく》には、楽しい思い出とのつきあいが今よりずっと多く要るように思う。

あんたが奉行の隠れ配下であるのも知っている。だから、この文は烏谷椋十郎に見せてもかまわない。
どうせ、あんたがこの文を読む頃、俺も仲間たちも、もう江戸にいないのだから。
あんたとはまた会えるような気がする。
疾風小僧翔太季之助

季之助の季蔵殿

読み終えた季蔵は、
――あなたとこの次会う時は、瑠璃をもっと幸せにしてやっていないと叱られそうだ
――
心の中で呟くと苦笑して、熾《お》きている竈《かまど》の火の中にこの文を投げ入れた。
両国橋の花火見物の日は明日であった。

〈参考文献〉

『原本現代訳　古今名物御前菓子秘伝抄』　作者不詳　鈴木晋一訳　（教育社）
『原本現代訳　料理物語』　作者不詳　平野雅章訳　（教育社）
『食の鳥獣戯画――江戸の意外な食材と料理』　田中千博著　（高文堂出版社）
『日本の食文化史年表』　江原絢子・東四柳祥子共編　（吉川弘文館）
『江戸の料理と食生活』　原田信男編　（小学館）

時代小説文庫
わ 1-46

牡丹《ぼたん》ずし 料理人季蔵捕物控《りょうりにんとしぞうとりものひかえ》

著者 和田《わだ》はつ子《こ》

2018年4月18日第一刷発行

発行者 角川春樹

発行所 株式会社 角川春樹事務所
〒102-0074 東京都千代田区九段南2-1-30 イタリア文化会館

電話 03(3263)5247[編集] 03(3263)5881[営業]

印刷・製本 中央精版印刷株式会社

フォーマット・デザイン＆シンボルマーク 芦澤泰偉

ISBN978-4-7584-4161-2 C0193

http://www.kadokawaharuki.co.jp/[営業]
fanmail@kadokawaharuki.co.jp[編集] ご意見・ご感想をお寄せください。

時代小説文庫

和田はつ子
雛の鮨　料理人季蔵捕物控

書き下ろし

日本橋にある料理屋「塩梅屋」の使用人・季蔵《としぞう》が、手に持つ刀を包丁に替えてから五年が過ぎた。料理人としての腕も上がってきたそんなある日、主人の長次郎が大川端に浮かんだ。奉行所は自殺ですまそうとするが、それに納得しない季蔵と長次郎の娘・おき玖は、下手人を上げる決意をするが……(「雛の鮨」)。主人の秘密が明らかにされる表題作他、江戸の四季を舞台に季蔵がさまざまな事件に立ち向かう全四篇。粋でいなせな捕物帖シリーズ、第一弾！

和田はつ子
特命見廻り　西郷隆盛

書き下ろし

どうやら近ごろ、六軒もの牛鍋屋に謎の五臓六腑が投げ込まれ、新政府は、この事件に蓋をしているらしい——西郷吉之助こと隆盛は、役人の川路利良《かわじとしよし》に命じて秘かに事件を調べさせていた。西郷は田中作二郎という若者に被害のあった牛鍋屋を探らせることに……。勝海舟、大久保利通や篤姫こと天璋院、女医・楠本イネも登場。西郷隆盛が大活躍した知られざる幻の時期を舞台に描く、傑作時代事件帖。書き下ろし。